KB128484

적응자

적응자 4

초판 1쇄 인쇄일 2015년 1월 27일 **|** **초판 1쇄 발행일** 2015년 1월 30일

지은이 네모리노 **|** **펴낸이** 곽중열 **|** **담당편집 팀장** 이범수
편집부 신연제 이윤아 김호성 김은경

펴낸곳 (주)조은세상 **|** **출판등록** 제 2002-23호
주소 경기도 연천군 미산면 청정로 1355
TEL 편집부 02)587-2966 **|** FAX 02)587-2922
e-mail bukdu@comics21c.co.kr

ⓒ네모리노 2014
ISBN 979-11-5512-882-4 **|** ISBN 979-11-5512-764-3(set) **|** 값 8,000원

절ㅇ저

네모리노 현대판타지 장편소설

NEO MODERN FANTASY STORY

4

북두
(주)좋은세상

CONTENTS
NEO MODERN FANTASY STORY

#14. 암흑의 마녀 2

NEO MODERN FANTASY STORY

적응자

#14. 암흑의 마녀 2

국경없는 의사회에서 놀라운 활약을 하며 수많은 이들의 생명을 구한 그에게 붙여진 별명은 '기적의 의사' 였다.

제대로 된 약품이나 의료시설이 없는 낙후된 지역에서의 의료 활동은 필연적으로 수많은 사상자를 내게 되어있지만 그의 이능덕분에 이러한 모든 단점들을 단숨에 상쇄하고도 남을 놀라운 업적을 이룰 수 있었다.

물론 자신이 각성한 이능력자라는 사실은 일반인들에게 철저하게 숨긴 상태였지만 이능력을 통해 일반인들이 살아가는 평범한 사회 속에서 혼란을 조장하는 행위를 적극적으로 금지했던 가드 내에서조차 그런 그의 활약이 묵인될 수 있었던 것은 그를 후원하는 이가 바로 진무도 38대 계승자 무신(武神) 권승혁이었기 때문이었다.

그런 대단한 후원인을 배경으로 두었음에도 불구하고 그가 이런 곳에서 자신의 이능을 숨긴 채 살아가고 있었던 이유는 전투와 직접적으로 연관되지 않은 이능의 각성은 사실상 제대로 대접받기 힘든 것이 현 가드의 실정이었기 때문이었다.

사실상 몬스터들과의 최전선에서 수많은 인류의 목숨을 담보로 싸우고 있는 그들 중 대다수는 그 초인적인 이능의 각성과 더불어 믿기 힘들 정도의 자가 치유 능력을 가지게 되었기에 김지국과 같은 치료에 특화된 이능을 각성한 이능력자들은 한직으로 밀려나기 일쑤였다.

물론 개중에는 일반인들에 대한 치료를 목적으로 스카우트된 경우들도 많았지만 절대 다수를 차지하는 의사협회의 반발로 인해 결국 퇴출되고 말았다.

결국 오갈 데 없는 그들이 머물게 된 곳은 가드 요원들을 서포트 하는 백업 요원들의 치료 담당자라는 허울뿐인 자리였다.

그러나 숙주의 몸에서 벗어나기 위해 발버둥치는 몬스터의 움직임을 막아내고 있는 김지국이 각성한 이능은 그런 일반적인 이들과는 근본적으로 달랐다.

인간을 비롯한 수많은 이종족들에게까지 무제한적으로 영향을 줄 수 있는 이능력.

그것이 바로 그가 자각한 이능력의 본질이었다.

인간에게 적용시키면 그것은 한없이 유익한 치료행위가 되겠지만 그 본질부터가 인간과 다른 이종족인 몬스터에게 이를 적용하면 전혀 다른 결과를 만들어냈다.

그것은 마치 인체의 정상적인 세포를 파괴하며 무한으로 증식하는 암세포와도 같은 것이었다.

그의 이능력으로 인해 고통을 받게 된 녀석이 내부에서 몸부림 치면 칠수록 꼼짝도 못한 채 눈알만 굴리고 있던 사내의 눈이 고통으로 인해 부릅떠졌다.

'젠장, 대체 언제 오는 거야? 이젠 나도 한계라고.'

그 순간 그들 주변에 있던 사람들이 썰물처럼 빠져나가기 시작했다. 소식을 전해들은 제니퍼의 테레파시 능력 덕분에 군대를 비롯한 각종 요인들이 일사 분란하게 움직일 수 있었기 때문이었다.

11

"지국! 괜찮아?"

"큭, 느… 늦었잖아. 제니퍼."

자신의 이능력으로 한껏 억눌렀음에도 불구하고 터질 듯이 부풀어 오른 사내의 배가 갖가지 모양으로 변하며 요동쳤다.

"미안, 워낙 사람들이 질서 없게 여기 저기 모여 있어서 이만한 공간을 짧은 시간 안에 공동화시키는 건 나로서도 힘든 일이었다고."

억울하다는 얼굴로 답하는 제니퍼의 얼굴을 바라본 강지국이 눈썹을 꿈틀거리며 외쳤다.

"더, 더 이상 무리야! 피햇!"

그의 외침과 동시에 두 사람은 뒤도 돌아보지 않은 채 앞만 보고 달렸다.

심장이 터질 것 같이 두근거리는 가운데 바리케이트를 치고 있는 군인들의 장벽에 도달한 강지국이 숨을 헐떡거리며 뒤를 돌아봤다.

하늘 높이 솟구친 핏줄기와 함께 방금 전까지만 해도 인간의 뱃속에 있었다고는 도저히 믿을 수 없는 크기의 괴물이 모습을 드러냈다.

거대한 두 장의 날개를 활짝 편 채 오만한 눈으로 땅에 있는 인간들을 내려다보는 녀석의 이마에는 커다란 뿔 하나가 돋아나 있었다.

모든 몽마(夢魔)들의 왕!
인큐버스(incubus) 데스페라티오(Desperatio)의
현현이었다.

"크오오오오!"
하늘을 올려다보며 포효하는 그의 외침을 들은 강지국은 그 즉시 온 몸이 마비되는 것을 느꼈다.
아니나 다를까 대 몬스터 전용 무기를 들고 그를 겨누고 있던 군인들이 바닥에 무기를 떨어뜨린 채 벌벌 떨고 있었다.
"이, 이런! 안 돼!"
딱 보기에도 범상치 않아 보이는 녀석의 포효 한 번에 수많은 군인들이 전의를 상실한 것이었다.
그들은 그리 멀리 떨어지지 않은 곳에 모여 있는 수많은 난민들을 지키는 최후의 보루였다.
만약 이대로 꼼짝없이 이들이 무너진다면 그 이후에 벌어지게 될 참상은 생각만 해도 끔찍했다.
'제니퍼!'
마음속으로 강하게 외친 강지국의 소리에 그녀가

그 즉시 반응했다.

-맡겨줘!

그리고 그와 거의 동시에 그 자리에 있는 모든 사람
의 뇌리에 한 사람의 목소리가 울려퍼졌다.

- 모두 정신 차리세요! 이대로 무력하게 당할 수는
없습니다. 뒤에서 우리만을 믿고 의지하고 있는 수많
은 무고한 생명들을 생각하고 힘을 내세요!

그녀의 목소리에는 강지국으로부터 이어받은 치유
의 힘이 실려 있었다. 이것이 그들의 온 몸으로 스며
들어 행동불능에 빠진 그들을 구해냈다.

"허억!"

여기저기서 참았던 숨을 토해내며 괴로워하는 소리
들이 들려왔다. 그러나 그러기도 잠시 잘 훈련받은 군
인들답게 바닥에 떨어진 자신들의 무기를 잡고 공중
에서 자신들을 내려다보고 있는 괴물을 겨누었다.

하찮은 인간들이 자신의 포효에 저항을 한다?

모든 몽마들의 왕이자 위대한 마법사이기도 한 그
는 그 즉시 이 현상의 원인을 제공한 이들을 찾아냈
다.

'저들인가?'

미미한 인간들의 기운들 속에서 유독 돋보이는 두 사람의 존재가 그의 감각에 걸려들었다.

특히나 그들 중에서도 동양의 남성으로 보이는 자가 지닌 기운에 그의 눈썹이 꿈틀거렸다.

'나를 억누르던 그 기운의 정체가 바로 저자였군.'

처음 씨앗이 잉태되었을 때에는 몰라도 거의 완벽하게 자리를 잡고 성장한 자신을 비록 짧은 시간이었지만 억눌렀던 그 묘한 기운의 정체는 잊으려야 잊을 수가 없는 것이었다.

"불쾌하군. 그냥 죽어라."

마치 죽음의 선고를 내리듯이 손을 내뻗은 그에게서 어마어마하게 응축된 마기가 전면을 향해 쏘아져 나갔다.

쿠콰콰콰콱!

대지가 뒤집혀질 정도로 강한 위력을 지닌 마기탄이 강지국을 향해 일직선으로 날아들었다.

"이, 이런 제기랄!"

아무리 그가 지닌 이능이 탁월하다 할지라도 어디까지나 그것은 전투와 거리가 먼 능력이었다.

자신을 향해 날아드는 검은 구체를 바라보며 강지

국은 죽음을 직감했다.

그로서는 어찌 손쓸 수조차 없을 만큼 막대한 무력의 차이.

그 누구보다 기운을 느끼고 분석하는데 탁월한 재능을 지니고 있는 강지국이었기에 검은 구체 속에서 맹렬하게 맴돌고 있는 엄청난 힘을 제대로 느낄 수 있었다.

'이대로 죽는 건가?'

– 지국! 피해!

그의 뇌리 속으로 직접 전달되는 제니퍼의 경악에 찬 외침속에서 자신을 향한 뜨거운 마음을 느낄 수 있었다.

그녀의 마음을 느끼는 순간 이상하리만큼 마음이 차분해졌다.

'안녕, 제니퍼.'

마지막으로 그녀에게 인사를 건넨 강지국이 천천히 눈을 감았다.

• ⁂ •

'응? 뭐지?'

절음자4

그로부터 한참이 지났음에도 불구하고 아무런 일이 일어나지 않자 강지국은 의아한 마음에 살포시 눈을 뜨고는 전면을 살폈다.

그런 그의 눈에 황금을 녹여 부은 것 같은 금발을 흩날리며 서있는 한 사내의 뒷모습이 들어왔다.

"제가 많이 늦지는 않은 것 같군요. 닥터, 강."

그를 살짝 돌아보며 인사를 건네는 사내의 모습에 강지국은 자신이 꿈을 꾸는게 아닌가 하는 착각을 했다.

자신의 앞에 서있는 사내가 무언가 신화 속에서 막 걸어 나온 것 같은 몽환적인 분위기를 지니고 있었기 때문이었다.

"저, 저기 근데 누구신지? 저를 아시나요?"

"그럼요, 오래 전부터 주목하고 있었답니다. 아! 자세한 이야기는 저 녀석부터 처리하고 난 뒤에 하도록 하죠. 겉보기에는 완전해 보이는 것 같지만 아직 성체가 되지 못했어요. 이대로 시간이 흘러서 완전하게 힘을 회복하고 나면 아무리 저라고 해도 감당하기가 쉽지 않거든요."

"네?"

알 수 없는 말만 남기고 전면을 향해 고개를 돌린

그에게서 생전 처음 느껴보는 거대한 투기가 뿜어져 나왔다.

팔짱을 낀 채 자신의 마기탄을 소멸시키며 나타난 금발의 사내를 가만히 바라보고 있던 데스페라티오가 입을 열었다.

"네가 바로 그 숲의 아이인가?"

"저를 기억해주시다니 영광입니다. 모든 몽마(夢魔)들의 왕, 데스페라티오(Desperatio)시여."

"이제 보니 수많은 인간들의 몸을 옮겨 다니는 동안 계속해서 느껴지던 그 시선이 바로 네 녀석의 것이었나 보군. 그렇군, 그간 나를 지켜보고 있었던 목적이 이것이었어. 숲의 아이 아나지톤이여. 이 나를 막아서려는 게냐?"

"당신이 유일하게 약해지는 이 시기가 아니라면 제가 어찌 감히 당신을 막아설 수 있겠습니까? 이곳은 중간계가 아닙니다. 당신이 계셔야 할 곳으로 그만 돌아가 주시죠."

"훗, 인과율의 법칙에 어긋나는 것은 비단 나뿐이 아닐 텐데? 미미하게 느껴지는 기운을 보아하니 세계수까지 가져다 심었나보군? 그만 돌아가야 할 것이 과연 나뿐이던가?"

"말씀하신 대로입니다. 저를 비롯한 수많은 이계의 존재들이 넘어서는 안 될 곳으로 걸음을 옮겼습니다. 모든 이들이 제 자리로 돌아가는 날. 저 또한 제가 있어야 할 곳으로 돌아갈 겁니다."

"궤변이로다. 자신만이 모든 만물을 조화롭게 할 수 있다는 그 생각. 역시나 끝없이 이기적인 숲의 아이답구나."

이야기를 나누는 동안에도 기하급수적으로 증가하는 그의 기운으로 인해 주변 일대를 짓누르는 강한 영압이 발생했다.

영혼의 무게, 그것은 곧 그 존재 자체가 지니는 거대함이었다.

이미 주변을 둘러싸고 있던 군부대와 피난민들은 그들의 모습이 보이지 않을 정도의 거리까지 물러선 상태였다.

오직 강지국만이 아나지톤의 비호아래 그 자리에 버티고 서있을 수 있었다.

"정녕 차원이 다른 이 땅에 그 막대한 힘을 역사하여야겠습니까?"

"나를 이곳으로 불러낸 이는 바로 이곳에 살고 있는 존재였으니, 그녀가 품은 깊은 원한이 믿을 수 없는 기적을 만들어내 나의 씨앗을 잉태하게 만들었다. 나는 모든 몽마들의 왕이자, 또한 위대한 몽마이기도 하지. 그렇다면 마땅히 소환자의 소원을 들어주어야 하지 않겠는가?"

그가 내뿜는 거대한 기운에 인상을 찌푸린 아나지톤이 채 떨어지지 않는 입을 열어 그에게 물었다.

"그… 소원이 무엇입니까?"

"모든 인류의 멸망."

"……!"

듣고 싶지 않았던 말이 그의 입에서 떨어지기 무섭게 아나지톤의 몸이 땅을 박차고 한 마리의 새처럼 날아올랐다. 마치 그의 흩날리는 머릿결을 타고 금가루가 뿌려지는 것 같았다.

그 우아한 모습에 이를 지켜보고 있던 강지국의 입이 크게 벌어졌다.

"고향으로 돌려보내 드리지요!"

"어디 한번 애써 보거라."

아나지톤의 손에서 만들어진 찬란한 황금빛을 뿌려대는 구체가 데스페라티오를 향해 떨어져 내렸다.

대기를 진감시키는 엄청난 충돌이 만들어낸 여파가 저 멀리 떨어진 곳에서 생각에 잠겨 있던 사내에게 전해졌다.

"이 기운은 아나지톤인가? 다른 하나는… 후후훗, 재미있군 그래."

더 블랙이라 불리는 사내의 입가에 가는 호선이 그어졌다.

아무도 찾지 않는 혹한의 대지.

생명체라고는 찾아 볼 수 없을 만큼 잔인한 그곳에 두 눈으로 보고도 믿을 수 없을 만큼 거대한 건축물이 자리잡고 있었다.

온전히 자신이 지닌 마력만을 동원해 만들어낸 이곳은 말 그대로 그만의 성전이었다.

그런 그의 앞에 칠흑같이 검은 깃털로 온 몸을 두른 새 한 마리가 날아왔다.

요사스러운 붉은 빛을 흩뿌리며 털을 고르는 그 새는 눈보라가 휘날리는 악천후 속을 뚫고 왔다는 것이 믿어지지 않을 만큼 멀쩡해보였다.

"릴리스냐?"

나른한 얼굴로 입가에 기울인 술잔을 단숨에 들이
켠 사내가 나직이 입을 열었다.

그러자 놀랍게도 그 새의 입에서 여인의 목소리가
흘러나왔다.

"미천한 여종 릴리스가 모든 만마(萬魔)의 조종이신
주인님을 뵙습니다."

"후훗, 그 매끄러운 혓바닥은 여전하구나. 그래 무
슨 일이지?"

"송구합니다. 일전에 말씀하셨던 그들이 이곳에 모
여 있습니다. 어떻게 할까요?"

"왜? 거슬리느냐?"

"감히 주인님께 이를 드러낸 벌레만도 못한 녀석들
입니다. 허락해주신다면 영혼마저 갈기갈기 찢어버리
겠습니다."

"할 수만 있다면 그것도 나쁘지 않겠지. 네 마음대
로 한 번 해 보거라. 단, 지금 하고 있는 일에 차질이
있어서는 안 될 것이야."

순간 무저갱에서 울려나오는 것 같이 그 끝을 짐작
조차 할 수 없는 어둠이 주위를 에워쌌다.

시종일관 여유롭게 행동하던 검은 새가 요사스러운
붉은 눈을 들어 주변을 바라보며 두렵다는 듯 몸을 떨

어댔다.

"며, 명심하겠나이다."

"훗, 그래. 나머지는 알아서 하도록."

그의 입에 미소가 걸리자 언제 그랬냐는 듯 그 엄청난 어둠의 기운들이 씻은 듯이 사라져 버렸다.

마치 인사를 하듯이 고개를 조아린 검은 새가 여전히 눈보라가 세차게 몰아치는 창문 밖을 향해 날아올랐다.

"백유건이라 했던가? 부디 잘 성장해 내 앞에 서길 바란다. 제 아무리 유희라 할지라도 이래서야 아무런 흥이 나질 않으니… 후후훗."

무한에 가까운 생을 부여받은 그로서는 이 세계에서 누리는 이번 유희가 망각의 축복에서 벗어난 그의 기억에 즐거움으로 남게 되기를 진심으로 염원했다.

"앞길을 가로막는 장애물의 난이도가 높을수록 더 많이 성장할 수 있겠지?"

가만히 손을 들어 힘을 집중시킨 그가 낮은 목소리로 중얼거렸다.

"어둠의 세례(Baptism of Darkness)!"

그 순간 어마어마하게 떨어진 곳에 자리 잡고 있던

어둠의 마녀 릴리스는 공간을 단숨에 뛰어넘어 자신에게 부어지는 엄청난 어둠의 기운에 전율하며 가늘게 몸을 떨어댔다.

"아아! 나의 주인이시여!"

극도의 쾌락과 동시에 찾아오는 환희 속에서 그녀는 비로소 진정한 태초의 마녀로서의 힘과 위엄을 갖추게 되었다.

· ⁂ ·

반쯤 허물어 내린 쇼핑센터를 임시 본부로 활용하기로 결정한 그들은 첫 번째 작업으로 주변에 알람 마법을 비롯한 여러 마법들을 설치하러 나섰다.

밖으로 나선 일행들은 방어조와 마법 설치조로 나눠서 각자 맡은 역할을 감당하고 있었다.

달려들던 놀 한 마리를 날려버린 유건이 갑자기 멈춰 서서 먼 곳을 바라보며 멍하니 서있었다.

"뭐하는 거야 유건! 위험하잖아!"

그를 향해 내리 꽂히던 거대한 몽둥이를 쏴서 박살낸 볼코프가 미간을 찌푸린 채 고함을 질렀다.

"응? 아!"

"뭐가 아야? 싸우는 와중에 멍 때리는 취미라도 있는 거냐?"

볼코프의 질책 섞인 말에 유건이 여전히 멍한 눈으로 한쪽 방향을 가리키며 말했다.

"어? 방금 못 느꼈어? 뭔가 속이 울렁거리게 만드는 기운이 저쪽에서 느껴졌는데?"

콰앙, 쾅, 쾅!

손에 들고 있던 데저트 이글을 연사하며 그 엄청난 반동에도 불구하고 아무렇지 않다는 얼굴로 놀라운 정확도를 보여주는 볼코프의 모습은 왜 그가 모든 총기류에 관한한 견줄 자가 없는 일인자의 자리를 유지하고 있는지를 여실히 보여주었다. 그런 그에 의해 달려들던 고블린 세 마리가 그 자리에서 절명했다.

잠시 여유를 찾은 볼코프가 유건의 곁으로 다가와 코를 긁적이며 물었다.

"나는 전혀 못 느꼈는데 뭐라도 느낀 거야?"

핏빛 안개로 화해 몬스터들의 숨통을 조이며 종횡무진 활약하던 베네피쿠스가 그들의 곁에 모습을 드러냈다.

"일전에 말씀 드렸던 그녀가 각성한 것 같습니다."

"각성?"

"흑마법사들의 왕을 자처하던 그가 흑마법을 통해 깨달은 마도(魔道)의 비의(秘意)를 집대성해 만들어낸 것이 바로 그의 딸 릴리스입니다. 지금까지는 그 힘을 제대로 끌어내지 못하는 상태라 숨어 지냈었는데 어떤 방법을 동원했는지는 모르겠지만 온전한 힘을 되찾은 것 같습니다."

베네피쿠스의 핏기 하나 없이 창백한 얼굴을 바라보며 볼코프가 물었다.

"그걸 어떻게 확신할 수 있지?"

"마침 시작되었군요."

"이건 마, 말도 안 돼."

베네피쿠스를 따라 하늘을 올려다본 볼코프는 태양빛을 가릴 정도로 짙은 어둠이 하늘거리며 한쪽 방향으로 몰려가는 모습을 볼 수 있었다.

"베네피쿠스 저게 대체 뭐지?"

유건의 물음에 베네피쿠스가 볼코프에게 말할 때와는 달리 공손하게 고개를 숙이며 대답했다.

"태초의 혼돈에서 태어나 세상의 가장 깊은 곳에 숨어 살던 어둠의 족속들입니다."

"어둠의 족속? 그건 너희들도 그렇지 않나?"

베네피쿠스에 이어 볼코프까지 바라보며 묻는 유건

의 말에 볼코프는 그저 헛기침만 할 뿐이었다.

고개를 갸웃거리는 유건을 향해 베네피쿠스가 말을 이었다.

"네, 저희와 달리 원초적인 본능에 의해 활동하는 하등하기 그지없는 녀석들이죠. 자신들의 어머니가 태어났음을 감지하고 그리로 몰려가는 겁니다."

"흐음, 어쨌든 쉽게 말해서 어둠의 족속이라고 해서 다 같은 건 아니란 말이지?"

"네, 맞습니다."

"그래? 그럼 너희들은 그 릴리스라는 여자에게 아무런 영향도 받지 않는다는 건가?"

"꼭 그렇지만도 않습니다. 본능에 각인된 귀소 본능은 저희들에게도 영향을 미치기 마련이지요. 다만⋯."

"다만?"

"그 정도에 휘둘릴 만큼 어수룩하게 그 오랜 세월을 살아오진 않았기에⋯."

"그렇군."

세 사람이 대화를 나누는 동안 그들 주변을 호위하듯이 감싼 채로 몬스터들과 대치하고 있던 나머지 일곱 명의 진혈 뱀파이어들은 베네피쿠스만큼이나 강력한 힘을 지녔다는 메디쿠스의 지휘 아래 무척이나 효율적으로 거대화한 몬스터들을 상대하고 있었다.

"크아아아!"

자기보다 배는 더 큰 오크 워리어를 단숨에 두 조각으로 찢어발긴 메디쿠스가 포효를 내질렀다.

"쟤도 너 만만치 않게 잘 싸우는데? 매디쿠스라고 했던가?"

"비록 저에게 굴복해 수하가 되긴 했지만 그는 저에 못지않은 강자입니다."

"쳇, 저 녀석한테 당한 내 수하들이 한둘이 아니라고. 서로 죽일 각오로 싸워보기만 했지 이렇게 같이 다니게 될 줄은 정말 꿈에도 몰랐다."

볼코프의 투덜거림을 한 귀로 듣고 한 귀로 흘려버린 유건이 환상 마법진의 설치를 끝내고 돌아오는 제임스와 하루나를 향해 반갑게 손을 흔들었다.

"벌써 끝난 거예요?"

"어, 생각보다 빨리 끝났다. 앞으로는 어쩌다가 흘려들어오는 녀석들 말고는 대부분 이곳으로 들어오진 못할 거다."

"좋네요, 그렇지 않아도 시도 때도 없이 달려드는 녀석들 때문에 무척이나 귀찮았었는데. 근데 두 분은 마법사도 아닌데 어떻게 저런 것 까지 할 줄 아세요?"

"너는 특별한 케이스라 철환이랑 같이 현장에 바로 나갔지만 기본적으로 가드 요원들은 이런 교육들을 다들 받는다고. 괜히 가드 요원이 세계 어딜 가든지 대접을 받는 게 아니라니까?"

으스대는 제임스의 곁에 서있던 하루나가 방긋 웃으며 말했다.

"그래서 제임스 요원님은 매번 낙.제.점을 맞으셔서 특별 개인 교육을 받으셨었나 보죠?"

"헉! 그, 그걸 하루나 당신이 어떻게?"

"제임스씨의 개인 교육을 맡았던 마법사가 저랑 무.척 친한 사이거든요. 얼마나 고생을 했던지 제임스씨 이야기만 꺼내면 고개를 절래절래 내젓던데요?"

"크, 크흠. 그, 그건 내가 과중한 격무에 시달리다 보니…."

"아하~ 그래서 가드 요원들 중에 휴가를 가장 많이 사용하셨나보군요?"

"헉! 대, 대체 당신은 모르는 게 뭐야?"

"제가 꽤 오래 전부터 지부장님의 비서였다는 걸 잊으셨나 봐요?"

"끄응~"

대꾸할 말을 찾지 못한 제임스가 슬금슬금 자리를 피했다.

"제임스씨?"

"네, 네?"

"하던 일은 마저 마무리 해야죠?"

"네네, 시키시는 대로 합죠. 여황폐하."

"쿠쿠쿡."

하루나가 가리키는 방향으로 어깨를 축 늘어뜨린 채로 터벅 터벅 힘없이 걸어가는 제임스의 모습에 유건이 입을 막은 채로 웃음을 터트렸다.

"근데 유건, 방금 전 하늘을 뒤덮던 그것들은 대체 뭐였지? 뭐 아는 바라도 있나?"

질문은 유건에게 하면서도 시선은 베네피쿠스에게 고정하고 있는 하루나의 모습에 당사자인 베네피쿠스의 입고리가 살짝 올라갔다.

"그 질문에 제가 대답해 드려도 괜찮을까요? 마스터?"

베네피쿠스의 공손한 요청에 유건이 가볍게 손을 내저으며 말했다.

"그래, 되도록 자세하게 설명해드리도록 해. 머리 쓰는 일은 우리들 중에서 하루나 누님이 제일이니까."

절음자4

"분부대로 하겠습니다."

베네피쿠스의 설명을 듣는 동안 수많은 정보들을 동시에 처리할 수 있는 기적과도 같은 이능력, 멀티태스킹 능력을 각성한 하루나의 눈빛이 별빛처럼 반짝거렸다.

#15. More than darkness

NEO MODERN FANTASY STORY

적응자

#15. More than darkness

더 블랙의 세례를 통해 태초의 마녀 릴리스로서의 온전한 능력을 각성한 그녀는 이전에 비해 배는 더 짙은 어둠을 온 몸에 두른 채 그녀의 주변을 맴돌고 있는 어둠의 망령들을 가볍게 어루만졌다.

"그래, 놈들의 전력은?"

피가 뚝뚝 떨어질 것처럼 요사스럽게 빛나는 붉은 입술이 벌어지며 나른한 목소리가 흘러나왔다.

그녀의 앞에는 각종 신화 속에서나 등장할 법한 각양각색의 몬스터들이 특유의 존재감을 흩뿌려가며 공손히 고개를 조아리고 있었다.

그들 중 대장격으로 보이는 사내가 살짝 고개를 들어 입을 열었다.

"지금까지의 대형화한 몬스터들로는 상대하기 어려울 것 같습니다. 게다가 그들 개개인이 지금껏 본적 없는 특별한 능력을 지니고 있습니다."

"흐응~"

낮은 비음을 흘리며 그를 내려다보는 그녀의 눈빛 속에 찰나지간 번뜩이고 지나간 것은 분명 짙은 살기였다.

꿀꺽.

셀 수 없이 많은 세월을 보내며 어둠속에서 자신만의 왕국을 세운 채 고고하게 지내왔던 그에게는 무척이나 생소한 감각이었다. 그러나 그렇기에 더 강렬하게 다가오기도 했다.

아무리 자신이 대단한 능력을 지니고 있다 할지라도 본질적인 한계는 극복할 수 없는 법.

모든 마물들의 어머니이자 본질인 태초의 마녀 릴리스의 앞에 서 있는 지금 이 순간 그는 감히 이를 드러낼 생각조차 할 수 없었다.

도리어 어떻게 하면 그녀의 불편한 심기를 풀어줄 수 있을지 필사적으로 고민했다.

"그, 그들 중에 저희와 같이 어둠에 속해있는 녀석들도 있습니다. 비록 지금은 그 뿌리가 많이 흐려졌다고는 해도 결국 본질상 어둠의 자녀라는 사실은 변하지 않는 법. 그들을 통해 내부에서부터 분열을 조장해보도록 하겠습니다. 그리고 그들이 흔들리는 순간 외부에서 대대적인 공격을 감행한다면 충분히 격퇴할 수 있으리라 생각합니다."

그의 말이 끝나고 난 뒤 드넓은 공간에 한참동안 숨막히는 적막함이 가득 들어찼다. 그의 이마를 타고 떨어져 내린 굵은 땀방울이 바닥을 촉촉이 적셔갈 때 즈음 그녀의 굳게 닫혀있던 입이 열렸다.

"이걸 가지고 가거라."

툭.

고개를 조아리고 있던 그의 앞에 무척이나 오래되어 보이는 장검이 떨어져 내렸다.

"이건?"

"모든 어둠의 종족들을 다스릴 수 있도록 그 안에 나의 일부를 담았다. 고대의 마왕이자 공포의 대명사인 너 바알이여. 가서 그들을 모조리 짓밟아버리도록 하거라."

쿠웅.

그녀의 명령에 바알이라 불린 그 사내가 바닥에 큰
소리가 날 정도로 세차게 이마를 찧으며 소리쳤다.
"모든 것은 어머니의 뜻대로!"

•   ▴   •

마법진을 통해 진지의 주변을 강화한 뒤에는 간혹
길을 잃고 흘러들어온 녀석들을 처리하는 것 외에 별
다른 충돌은 일어나지 않았다.
마법진으로 구축된 간이 결계 밖으로 나서서 정보
를 모아오는 것은 주로 베네피쿠스와 그의 수하들의
몫이었다.
유건이 그들과 피의 서약을 통해 맺은 관계의 끈이
점점 더 공고해지면서부터는 심령을 통해 간단한 의
사소통과 정보 전달이 가능해졌다.
베네피쿠스가 데리고 온 수하들은 각기 다른 동물
들로 변환이 가능했는데 그중에서 특별히 쥐로 몸을
변환할 수 있는 마르키우스라는 녀석이 드넓은 프랑
스의 지하 세계를 누비며 사람의 눈이 미치지 못하는
곳까지 정보를 모으기 위해 돌아다녔다.
그 와중에 지하에 존재하는 모종의 장소를 발견하

게 된 것은 놀라운 쾌거였다.

심령을 통해 그 광경을 볼 수 있었던 유건이 그 즉
시 일행들을 향해 달려갔다.

"찾았습니다!"

"응? 찾았어?"

"네, 방금 마르키우스가 지하에 존재하는 공동을 발
견했어요. 제가 본 게 확실하다면 그 검은 크리스탈이
놈들을 대형화 시키고 있는 원인인 것 같아요."

그의 말에 모두의 시선이 제임스에게 모아졌다. 정
식 마법사는 아니었지만 아나지톤의 밑에서 각종 고
대의 비의를 배우며 지냈던 그였기에 확실한 판단을
내려줄 수 있는 것은 현재로서는 일행들 중 그가 유일
했다.

"그 크리스탈 주변에 마법진이 그려져 있었나?"

그의 물음에 유건이 바닥에 자신이 본 광경을 정확
하진 않지만 비슷하게나마 그려내었다.

"뭐, 이거랑 비슷했어요. 정확한건 아니지만."

"흠, 이건? 이미 실전된 마법진인데… 게다가 룬 문
자까지?"

한참동안 유건이 그린 마법진을 유심히 살펴보던
제임스가 천천히 고개를 끄덕였다.

"아무래도 맞는 것 같구나."

"그렇다면?"

그간 한 곳에 머물며 별다른 활약을 못해 좀이 쑤셔 왔던 유건이 들뜬 얼굴로 하루나를 쳐다보았다.

그의 눈을 마주보며 하루나가 말했다.

"가야지! 그들이 알아차리기 전에."

"좋았어!"

펄쩍 뛰며 당장이라도 뛰쳐나갈 것 같던 유건의 머리를 내리누른 철환이 제임스를 향해 물었다.

"아무래도 정도로는 곤란해. 거기가 함정이 아니라는 보장이 없는 이상. 이 바보 같은 애송이 녀석 정도를 유인하기에는 충분해 보이지만 말이지."

유건의 머리를 꾹꾹 내리 누르는 철환의 손에 실린 힘이 점점 강해졌다.

"아욱, 아프다고요!"

"후홋, 이번만큼은 유건씨가 맞는 것 같네요. 철환 씨가 걱정하는 게 어떤 건지는 알겠지만 저들에게 우리를 유인하려는 함정을 그 발견하기 어려운 지하에 만들만큼의 시간적인 여유가 있었던 건 아닐 테니까요."

하루나의 말에 철환이 눈을 가늘게 뜨고 그녀를 쳐

다보았다.

"확실한가?"

"뭐 그 외에도 여러 요인들을 종합해서 말씀드리는 거지만… 결론적으로 말하자면 신뢰도는 98.7% 정도예요."

"당신이 그렇게 말한다면야…."

그제야 한발 물러선 철환의 모습에 하루나의 미소가 짙어졌다.

왜냐하면 그가 자신이 허락한 이상 틀림없으리라는 것을 알고 있으면서도 유건에게 경각심을 심어주기 위해 일부러 나선 것이라는 걸 잘 알고 있었기 때문이었다.

이제는 어엿한 한 사람의 전사로서 성장했지만 철환의 눈에는 아직도 미흡한 면들이 보이는 것 같았다.

결국 그런 모든 의도들이 유건에 대한 애정에서 비롯되었다는 것을 잘 알고 있는 그녀로서는 그런 철환과 유건의 모습을 지켜보는 것이 무척이나 큰 기쁨이었다.

"자! 그럼 결정됐으니 구체적인 계획을 세워볼까요?"

쿠쿠쿵!

거대한 흙먼지를 일으키며 머리가 두 개 달린 오우거 한 마리가 바닥에 몸을 뉘였다.

몸에 묻은 먼지를 털어내며 걸어 나온 사내 장 루이가 나직이 투덜댔다.

"뭐지 이 말도 안 되는 크기는?"

트윈 헤드 오우거가 몰고 온 수많은 오크 군단을 홀로 상대한 지환이 햇빛을 받아 눈부시게 빛나는 얼음 덩어리들에게서 눈을 떼며 말했다.

"아무래도 제가 자리를 비운 사이에 많은 변화가 있었나 보군요. 일개 몬스터라고 볼 수 없을 만큼 강력한 개체들이 나타났어요. 이거, 일개 가드 지부가 담당할 수 있는 전력이 아닌데요?"

"흐음, 나나 너나 일반적인 전력에 해당하지 않으니까 감당한다지만 이런 녀석들이 몰려다니면 일반적인 가드 지부들 정도는 일주일도 못돼서 무너져 내릴걸? 무엇보다도 대체할 수 있는 백업 요원들이 없으니…."

"조금 속도를 빨리 할까요?"

"왜? 네가 말한 그들이 걱정되나? 이정도 녀석들에게 애먹을 정도라면 그 녀석과 대적하기란 불가능한 일일 텐데?"

"제가 걱정하는 건 그들이 아니라 저희와 다른 평.범.한 요원들과 더 평.범.한 일반인들이라고요."

"……."

일부러 평범하다는 것을 강조하며 말하는 지환의 말에 장 루이가 별다른 대꾸 없이 발걸음을 옮겼다.

'저런 면이 있는 줄은 몰랐는걸. 그거 가지고 놀리면 화내겠지?'

짓궂은 얼굴로 앞서가는 장 루이의 듬직한 등을 바라보던 지환이 아쉽다는 듯 고개를 흔들었다.

물론 그럴 일은 없겠지만 만에 하나라도 괜히 놀렸다가 어렵게 설득한 그의 마음이 변하기라도 한다면 손해가 이만 저만이 아니었기 때문이었다.

"같이 가요!"

그가 외치자마자 오히려 걸음 속도를 빨리하는 장 루이였다. 그런 그의 모습에서 지환은 왠지 모르게 그가 부끄러워하고 있다는 생각이 들었다.

오랜 시간동안 세간의 손가락질을 받으며 배신자라는 오명을 뒤집어 쓴 채 살아왔던 그였기에 충분히 그럴 수 있다고 여겨졌다.

'뭐든지 천천히 천천히….'

가볍게 미소 지은 지환이 잰 걸음으로 그의 곁에 다가가 친근하게 말을 건넸다.

퉁명스러운 대답이 돌아오긴 했지만 지금은 그 정도가 적당하다는 생각을 하며 굳이 더 많은 것을 기대하진 않았다. 신뢰라는 것은 단시일 내에 생겨나는 것이 아니었기에….

"우하하하, 그런데 아까 그 트윈 헤드 오우거랑 싸우는 모습이 진짜 장관이던데요? 근데 정말 맞아도 안 아픈 거예요? 물리 데미지에 대한 면역이라고 들었는데 그게 정확히 기준이 어디까지예요? 예?"

"왜, 왜 자꾸 달라붙고 그러나? 떨어지지 못해? 그리고 누가 남의 능력에 대해 꼬치꼬치 물어보나?"

"에이~ 그러지 말고 알려줘요. 궁금해서 그렇죠. 그럼 간지럼도 안타고 추위나 더위도 안타는 거예요? 응?"

"가, 간지럼은 탄다."

"오호~ 그래요? 그럼 뭔가 기준이 애매한데? 어디 한 번 봐요."

"뭐, 뭐하는 거야! 저리 안가? 큭~"

"간지럼은 탄다면서요? 우헤헤헤, 여기가 제일 간지럽다던데. 어때요?"

"크흑, 저리 안가? 죽고 싶나?"

억지로 웃음을 참아가며 인상을 구기는 장 루이의 등 뒤로 돌아간 지환이 아예 노골적으로 그의 양쪽 옆구리를 간질이기 시작했다.

"크흑, 우학~! 간지러워. 그만! 간지럽다고! 크하하하하!"

결국 참지 못해 웃음을 터트린 장 루이가 지환을 등 뒤에 매단 채로 몸을 뒤틀었다.

"어허! 항복이라고 해야죠!"

"하, 항복! 크하하하. 항복이다! 그만하라고!"

실제로 남들보다 민감해서 간지럼을 잘 타던 장 루이였기에 지환의 육탄공격에 무너지고 말았다.

지환이 물러나고 난 뒤에도 한참동안을 뒹굴며 웃어대는 장 루이가 눈가에 맺힌 눈물을 닦아내며 상체를 일으켰다.

그런 그의 곁에 주저앉은 지환이 환한 미소를 지은 채 장 루이를 바라보았다.

"뭐, 뭐냐? 그 부담스러운 눈빛은?"

"앞으로 친하게 지내보자는 일종의 제스처?"

"쳇, 사내 녀석이 어울리지 않게 눈웃음이라니…."

말은 그렇게 하면서도 내심 싫지는 않은 듯 그를 적극적으로 밀어내지 않았다.

긴 시간동안 혼자 지내며 잊은 줄 알았던 사람에 대한 그리움이 서서히 밀려들어오기 시작했다.

'그래, 이것도 나쁘지는 않겠지.'

한줄기 사심도 느껴지지 않는 지환의 맑은 눈동자를 바라보며 피식 웃은 장 루이가 솥뚜껑만한 손을 들어 지환을 안았다.

"응? 갑자기 왜?"

"내가 당하고는 못사는 사람이라서 말이지."

흠칫.

그 찰나의 순간 몸을 빼내지 못한 지환은 결국 제발 살려달라며 눈물을 머금고 애원을 해야 했다.

장 루이는 굵은 손가락과 어울리지 않게 무척 섬세하게 옆구리를 간지를 수 있는 그런 남자였다.

"쿠헤헤헤헥! 항복! 하~앙복! 크헬헬헬, 나 죽네. 살려줘요~ 꺄울~!"

그로부터 한참동안 지환의 기쁨에 겨운(?) 비명소리가 맑은 하늘 위로 울려 퍼졌다.

마치 융단폭격이라도 맞은 것처럼 엉망으로 파헤쳐진 흉물스러운 대지 위에 한 사내가 주저앉아 가쁜 숨을 내쉬고 있었다.

한때는 찬란한 금빛을 발하며 바람을 타고 흩날렸을 법한 금발이 땀에 젖은 채로 얼굴에 아무렇게나 달라붙어 있었다.

"헉헉헉헉!"

마치 천신이 강림한 것 같은 신위를 내보이며 모든 몽마(夢魔)들의 왕, 데스페라티오(Desperatio)를 상대하던 아나지톤의 턱 끝에 매달려 있던 땀방울이 떨어져 내렸다. 그리고 땅에 닿는 즉시 기화되어 연기만 남겼다.

'끝난 건가?'

따끔거리는 눈이 잘 떠지지 않아 자꾸만 눈을 깜빡거려야 했다. 이렇게 까지 전력을 다해 싸워본 적이 언제였는지 그 오랜 세월을 살아온 그로서도 기억이 잘 나지 않을 정도였다.

분명 마지막에 날린 일격에 적중하는 모습을 보았건만 그의 기척이 전혀 느껴지지 않았다.

물론 간헐적으로 끊기는 마나의 흐름으로 보아 자신의 감각이 온전하지 않다는 것을 알고는 있었지만 그렇다고 해도 이렇듯 완벽하게 기척을 감추기란 현재로서는 불가능한 일이었다.

자신이 이렇게 탈진에 가까운 상태에 놓여 있듯이 상대 또한 거의 모든 진력을 소모한 채 강제로 소환당할 처지에 놓여있었기 때문이었다.

흐려져 가는 의식을 겨우 붙잡은 채로 주변을 살피고 있던 그의 귓가에 저 멀리서 처절한 비명 소리가 들려왔다.

"끄아아아아악!"

작은 세계수의 가지를 토대로 간이 보호 마법진을 설치해서 보호하고 있었던 강지국이 머리를 부여잡은 채 비명을 지르며 바닥을 뒹굴고 있었다.

"이런, 그를 숙주로 삼기 위해 내부로 스며든 것이었나?"

정상적이지 못한 몸으로 인해 빠르게 날아가지 못한 아나지톤이 드문드문 마나의 흐름이 끊겨 바닥에 떨어져 내렸다. 그럴 때마다 바닥을 박차며 뛰어오른 그가 강지국을 향해 최선을 다해 다가갔다.

'제발, 늦지 않기를….'

그 시각 강지국의 내면 속에서는 모든 몽마(夢魔)들의 왕, 데스페라티오와 그의 자아간의 줄다리기가 이어지고 있었다.

- 이만 포기해라. 나약한 인간이여. 장구한 세월동안 다져진 나의 영혼의 무게를 너 같은 녀석이 감당할 수 있을 것 같은가? 그대로 산산이 부셔져 흔적조차 찾지 못하는 절망에 처하기 전에 순순히 몸을 넘기도록!

- 끄아아악! 닥쳐! 한낱 마물 주제에 어디를 넘보냐? 내 몸의 주인은 바로 나다. 너 같은 괴물 녀석에게 쉽게 내줄 것 같으냐? 으악, 으아아악!

모든 몽마들의 왕, 데스페라티오가 지닌 영혼의 무게에 짓눌려 사그라지기 직전에 처한 강지국의 영혼에서 한줄기 광명이 흘러나왔다.

- 뭐, 뭐냐 이건!

당황한 데스페라티오는 자신의 거대한 영혼을 감싸

안은 채 서서히 조여들기 시작하는 정체모를 기운에 당황했다. 강지국 그가 각성한 이능이 그 자신의 영혼의 일그러짐을 발견하고 이를 수복하기 위해 노도와 같이 일어난 것이었다.

영혼의 각성. 그것은 장구한 인류의 역사 가운데에서도 그 유례를 찾아보기 힘들만큼 위대한 일이었다.

그 자신이 자각한 이능력의 도움으로 영혼의 각성을 이끌어낸 강지국의 내면세계가 급변했다.

일개 인간의 능력으로는 도저히 극복할 수 없는 거대한 영혼의 무게를 그대로 짓밟기 시작했다.

전세역전(戰勢逆轉)!

이제는 도리어 데스페라티오가 영혼이 산산이 조각나는 고통 속에서 울부짖기 시작했다.

- 끄아아악! 이, 인간! 대체 무슨 짓을 한 것이냐. 안 돼! 그러지 마라. 제, 제발. 내가 잘못했다. 순순히 떠날 테니 그만 놓아주거라. 제발!

영혼의 각성을 통해 데스페라티오라는 영겁의 세월을 지내며 수많은 무고한 이들을 해쳐왔던 그 영혼의

본질을 꿰뚫어본 강지국이 의지를 일으켰다. 그의 의
지를 받아들인 내면세계가 더욱 공고하게 변했다.

 - 안 돼! 그럴 수는 없어. 너는 이곳에서 사라져야
해.

 - 크하아악! 제, 제발. 인간이여. 자비를….

 - 그러는 너는 네 앞에서 울부짖는 이들에게 단 한
번이라도 자비를 베푼 일이 있었나?

 - 그, 그건….

 - 우리 나라에 이런 말이 있지. 뿌린 대로 거둔다
고. 그만 사라져라. 모든 몽마(夢魔)들의 왕이여.

 - 끄악, 말도 안 돼. 어떻게 이런 일이! 크아아아
악!

끝없이 압축되어 점으로 보이던 데스페라티오의 영
혼이 끝내 소멸했다. 바로 그가 한낱 벌레만도 못하게
여기던 인간의 내면세계 속에서.

때 마침 그 자리에 도착한 아나지톤은 갑자기 사라
진 데스페라티오의 존재감에 의아한 눈으로 강지국을
쳐다보았다.

그런 그에게서 전과 다른 어마어마한 영혼의 무게

가 느껴졌다. 오랜 세월을 살아온 아나지톤으로서도 몇 번 느껴보지 못한 그런 무게감이었다.

아나지톤의 엉망으로 변해버린 모습을 천천히 훑어 보던 강지국이 힘겹게 웃으며 말했다.

"고생 많으셨네요. 그래도 체크메이트는 제가 먼저 했습니다."

그의 말에 결과를 짐작한 아나지톤이 비틀거리는 그를 부축하며 대꾸했다.

"누가 한들 무슨 상관있겠습니까."

"후훗, 그렇지요?"

비틀거리는 두 사람이 서로를 의지한 채 그렇게 전 장을 뒤로 하고 천천히 걸음을 옮겼다.

·　🔻　·

모든 몽마(夢魔)들의 왕, 데스페라티오(Desperatio) 의 진체는 차원 넘어 존재하는 마계에 존재하고 있었 다. 그의 진체가 차원을 넘어 다른 세상으로 향하는 일 은 어지간해서는 일어날 수 없는 일이었다.

그를 주목하고 있는 다양한 세계의 절대자들이 결 코 이를 좌시하지 않기 때문이기도 하지만 이는 그로서도 엄청난 패널티를 각오해야 하는 모험이기도 했기 때문이었다.

그렇기 때문에 그는 화신(化身, Avatar)으로서 이 땅에 강림할 수 있었다.

셀 수 없이 많은 무고한 처녀들의 피를 뿌린 제단에 자신의 영혼 그 자체를 제물로 삼아 소환의식을 행한 이름 모를 여인의 원한을 풀어주기 위해 계약을 맺고 이곳에 강림했다.

그러나 비록 화신이라고 할지라도 그의 강대한 마력과 영혼의 크기를 담을만한 그릇을 찾기는 쉽지 않았다. 그렇기에 수많은 존재들의 영혼을 그릇삼아 여기 저기 옮겨 다니던 그에게 몬스터라는 익숙한 존재들을 만나게 된 것은 어찌 보면 행운이라고도 할 수 있었다.

중간계에나 존재하던 몬스터들이 어떻게 이곳에 존재하게 됐는지는 모르겠지만 그로서는 인간보다 한없이 어둠에 가까운 존재인 몬스터들의 내부에 기생하며 조금씩 힘을 비축해 나갈 수 있었다.

아직 완전히 힘을 되찾지 못해 더 블랙이라는 중간계의 조율자라는 존재를 감지하지는 못했기에 별다른 위기감을 느끼지는 않았다.

마지막으로 인간으로서는 보기 드문 기운을 타고난 남성의 내부에서 온전한 화신체로서 모습을 드러낼 준비를 하고 있던 그에게 찾아온 특이한 힘을 사용하는 인간과 숲의 아이를 만나게 된 것은 어쩌면 불운이라고 볼 수밖에 없었다.

조금만 더 시간이 지난다면 지닌바 온전한 힘의 30%정도는 되찾을 수 있었을 텐데 영악하게도 숲의 아이인 하이 엘프 녀석이 그가 가장 취약할 순간에 나타나 그런 시간적 여유를 주지 않고 공격을 감행했다.

그의 첫 번째 패인은 그 숲의 아이가 지닌 진정한 힘을 얕봤다는 데에 있었고, 두 번째 결정적인 패인은 마지막 위기의 순간 선택한 인간이 결코 평범한 인간이 아니었다는 데에 있었다.

한낱 인간이 자신의 영혼의 무게를 이겨내고 급기야 화신의 형태이기는 했지만 그래도 자신의 일부를 담고 있는 그 영혼을 소멸시키기 까지 했다.

그의 화신체가 소멸하는 순간, 영혼에 적지 않은 타격을 입은 모든 몽마들의 왕, 데스페라티오(Desperatio)는 자신의 보좌에 앉은 상태로 미간을 찌푸렸다.

소멸의 찰나 태초에 존재하던 순수한 에너지체로의

변이가 진행되기 직전 그는 이제까지 감지하지 못했던 드래곤의 존재를 느낄 수 있었다.

'중간계에서나 군림할 줄 아는 도마뱀 녀석이 감히 이 나를 지켜보고 있었다는 말인가?'

장구한 세월 가운데 마계에 존재하는 마왕들과 중간계의 조율자로서 군림하고 있는 드래곤들간에는 숱한 분쟁들이 있어왔다.

중간계로 강림한 마왕들을 퇴치하는데 가장 앞장서는 것이 바로 드래곤이었기 때문이었다.

순수한 힘만 따지면 드래곤들은 마왕하나도 제대로 감당하기 힘들었다.

그러나 마계에 존재하는 마왕들이 매개체를 통해 중간계에 강림할 때에는 그 힘이 1/10수준 정도 밖에 되지 않은 상태로 소환되기 때문에 그 힘을 온전히 되찾기 전에 공격해오는 드래곤들에 의해 마왕들의 중간계 공략은 번번이 실패로 돌아갔다.

그렇다고 드래곤이 마계로 찾아올 리는 만무할 터. 오랜 세월 동안 숱하게 중간계를 넘보려고 시도해왔던 마왕들은 적게는 한두 번에서부터 많게는 수십 번에 이르기 까지 드래곤들에 의해 소멸의 고통을 맛보아야만 했다.

이미 모든 몽마(夢魔)들의 왕, 데스페라티오 (Desperatio)의 뇌리 속에는 건방진 숲의 아이나, 미물 만도 못하게 여기던 인간의 놀라운 능력 따위는 존재하 지 않았다.

그런 자신을 마치 광대처럼 바라보고 있던 건방진 드래곤의 시선이 그의 고고한 자존심을 건드렸다.

어떻게 중간계가 아닌 그곳에 녀석이 존재하고 있 는지 의아해진 마왕 데스페라티오가 좀처럼 움직이지 않던 그의 거대한 몸을 일으켰다.

그의 준동에 온 마왕성 전체가 소란스러워지기 시 작했다.

"중간계가 아닌 곳에 드래곤이라… 후후훗, 재미있 군. 재미있어."

몸을 일으킨 그가 자신의 발 앞에 고개를 조아린 채 몸을 떨어대는 수많은 마물들 사이로 걸음을 옮겼 다.

그의 준동에 각기 다른 지역에 자리를 잡고 있던 마 왕들이 서서히 반응하기 시작했다.

그렇게 잠잠했던 마계에 격동의 바람이 불기 시작 했다.

비틀거리며 걸음을 옮기던 지국은 곁에 있는 사내
를 부르려다 자신이 그의 이름조차 알지 못한다는 사
실을 깨닫고 머뭇거리며 입을 열었다.

"저… 이름이 어떻게 되시는지?"

그의 물음에 아나지톤이 시원하게 웃으며 답했다.

"아, 이런. 제가 정신이 없군요. 제 이름은 아나지
톤. 부끄럽지만 가드를 대표하는 마스터입니다."

그의 대답에 지국의 눈이 휘둥그레졌다. 늘 베일에
가려져 소문만 왕성하던 가드의 마스터를 이렇게 곁
에서 직접 보게 될 줄은 몰랐다.

"아! 마, 말씀은 많이 들었습니다만… 이렇게 젊은
분 인줄은 몰랐네요?"

"아하하하, 다들 백발에 주름이 자글자글한 할아버
지를 많이 연상하시더군요. 이건 비밀인데 겉보기와
달리 나이는 제법 많아요."

눈을 찡긋 거리며 하는 아나지톤의 말에 지국의 얼
굴이 묘하게 일그러졌다.

'저 얼굴에 많아 봤자 얼마나 많다고….'

아나지톤의 실제 나이가 그가 예상하는 나이의 몇

배는 더 많다는 사실을 알았다면 그는 아마 그 즉시 바닥에 엎드려 절을 하고도 남았을 터였다.

진무도 38대 계승자 무신(武神) 권승혁과 어린 시절 함께 지내면서 어른을 공경하는 예의만큼은 뼈에 사무치도록 배워왔기 때문이었다.

그 뼈에 사무친다는 말이 비유가 아닌 실제로 겪었던 일들이었다는 게 문제라면 문제였지만.

젊어 보이는 아나지톤의 옆모습을 흘깃거리는 가운데 한편으로는 그 대단한 가드의 마스터가 왜 자신을 직접 찾아왔는지가 궁금해지기 시작했다.

그런 그의 마음을 읽기라도 한 듯 조금 전과 달리 한결 나아보이는 아나지톤이 입을 열었다.

"운명의 끈은 제 아무리 드넓은 안목과 지혜를 지닌 자라고 해도 어디로 닿게 될지 짐작하기가 힘든 법이죠."

"네? 그게 무슨 말씀이신지?"

"저는 강지국씨 당신을 만나러 왔지만 이곳에서 모든 몽마들의 군주를 만나게 될 줄은 몰랐다는 거죠. 아! 물론 그의 움직임은 계속해서 쫓고 있긴 했습니다만… 육 개월 전부터 그 행방이 묘연했었거든요."

"그, 그러시군요. 그런데 저는 왜?"

"그거야 당연히 강지국씨가 특별한 능력을 지녔기 때문이죠. 그자를 상대하기 위해 꼭 필요한 사람이거든요. 당신은."

"제, 제가요?"

"네, 어쩌면 당신이라는 존재가 전 세계를 구하게 되는데 결정적인 역할을 하게 될지도 모릅니다. 물론 그 전에 실력을 좀 더 가다듬어야 하긴 하지만요."

"아, 그… 그렇군요."

조금 나아진 것 같아보이던 아나지톤은 대화를 나누는 사이 어느새 처음과 같은 모습을 회복했다. 곁에서 눈으로 보고도 믿을 수 없는 회복 속도였다.

커다란 눈을 치켜뜨고 자신을 바라보고 있는 지국을 향해 아나지톤이 가볍게 웃으며 말했다.

"당신의 능력을 조금 가져다 썼을 뿐이에요. 직접 경험해보니 생각보다 더 놀랍군요."

"그게 가능한 일입니까?"

다른 이의 능력을 빌려다 쓴다? 제 아무리 비 전투요원으로서 가드 내에서 소외된 생활을 했다고 할지라도 어지간한 기본 지식들은 모두 섭렵하고 있는 강지국이었다.

그런 그였지만 타인의 능력을 빌려 쓴다는 말은 한 번도 들어본 일이 없었다.

그런 시도 자체가 전혀 없었던 건 아니지만 제법 실력 있는 요원들 몇몇이 치명적인 타격을 입고 난 뒤부터는 불가능한 일이라고 결론 내린 지 오래였다.

그런 말도 안 되는 일을 눈앞에 있는 저 잘생긴 사내는 마치 물 한잔 마시듯 가볍게 해낸 것이었다.

"별로 어려운 일은 아니에요. 물론 상대방이 지닌 마나의 파장이 규칙적이어야 한다는 조건이 있긴 하지만요. 대부분의 사람들은 규칙적인 편이거든요."

'그게 별로 어려운 일이 아니라고?'

아나지톤이라는 가드의 마스터를 만난 이후 도대체 몇 번을 놀라 게 되는 건지 지국은 어지러운 머리를 흔들어 꼬리에 꼬리를 물고 이어지는 상념을 털어버렸다.

그런 지국을 물끄러미 바라보던 아나지톤이 말을 이었다.

"자, 그럼 갈까요?"

"네? 어딜?"

"가 보면 알아요. 아마도 지국씨 마음에도 들 겁니다."

60

'내 마음에도? 그럼 다른 이들도 있다는….'

"우왁!"

말을 마친 아나지톤이 지국을 보호하기 위해 꽂아 놓았던 세계수의 가지를 이용하여 원거리 텔레포트를 실행하자 생전 처음 경험해보는 아찔한 광경에 지국의 입에서 비명이 터져 나왔다.

온 몸이 산산조각 나서 어디론 가로 빨려 들어가는 기분이었다.

잠시 후.

그는 아무리 올려다봐도 그 끝이 보이지 않는 거대한 나무를 마주한 채 서있었다.

"저건 또 뭐냐?"

　　　　　　　　　· ✦ ·

얼마나 오랫동안 방치되어 있는지 알 수 없을 만큼 오래된 지하도.

현대에 개 보수되어 사용하고 있는 지하도와 벽 하나를 사이에 두고 이어진 고대의 지하도는 그 세월만큼이나 많은 흔적들을 간직하고 있었다.

그곳을 마치 자신의 안방처럼 거침없이 발걸음을

옮기는 사내를 따라 일단의 무리들이 조심스럽게 걸음을 옮겼다.

"베네피쿠스, 예전에 여기 와보기라도 한거야?"

유건의 물음에 아련한 눈으로 거미줄이 잔뜩 쳐져 있는 천장을 바라보던 그가 미소를 지으며 답했다.

"아주 오래 전, 제가 막 각성을 했을 무렵에 저를 노리는 적들을 피해 잠시 이곳에 머물렀던 적이 있었습니다."

"아, 그래? 그때나 지금이나 별로 변한 게 없나보지?"

"혹시나 했는데 살펴보니 그런 것 같습니다."

'이 지독한 악취와 암울하게 드리워져 있는 어둠의 기운들까지도….'

뒷말은 속으로 삼킨 그가 앞서가는 쥐떼를 따라 다시금 걸음을 옮겼다.

햇빛이 비치지 않은 지하도. 수백 년간 인간의 발걸음이 닿지 않았던 그 버려진 곳을 차지하고 있던 수많은 미물들이 유건 일행을 피해 이리 저리로 달아났다.

"덕분에 이 지독한 냄새를 안 맡을 수 있어서 다행이야, 고마워 성희."

"아? 별말씀을 다 하세요. 언니. 대단한 일도 아닌데요 뭘."

"대단하지 않고? 사용자의 의지에 따라 나쁜 기운 자체를 걸러내는 방어막이라니… 정말 보면 볼수록 신기한 이능이야."

감탄하며 건네는 하루나의 말에 일행들 모두가 성희를 돌아보며 공감의 뜻을 표했다.

잘 드러나지는 않지만 여러모로 일행들을 편하게 해주는 이능력을 가진 성희는 이제는 없어서는 안 될 중요한 전력으로 자리 잡았다.

그녀의 방어막 덕분에 자잘한 마물들의 습격은 미연에 차단되었다. 때문에 모종의 장소를 향해 나아가는 일행들의 속도는 조금도 줄어들지 않았다.

만약 그들을 일일이 상대하며 지나갔어야 했다면 위험하진 않을지언정 꽤나 시간을 지체하게 되었을 터였다.

막상 그곳에 도착하게 되었을 때 무슨 일이 벌어지게 될지 아무도 모르기 때문에 가능하면 전력을 온전하게 보전하는 편이 더 유리했다.

"거의 다 도착 했습니다. 전방 150m 정도에 그 공동으로 향하는 통로가 있습니다."

베네피쿠스의 말에 일행들의 기척이 서서히 옅어지는가 싶더니 이내 사라져버렸다.

바로 옆에 서있다고 할지라도 알아차리기 힘들 정도였다.

볼코프야 저격수로서 기척을 숨기는 데는 도사였고, 하루나는 각성 전부터 알아주는 특급닌자였다. 제임스나 철환은 워낙 오랜 기간 요원으로 활동해왔었기에 기척하나 죽이는 것쯤은 눈감고도 할 수 있을 정도의 베테랑이었고. 타고난 어둠의 족종인 뱀파이어들이야 딱히 걱정할 필요가 없었다.

문제는 성희와 유건이었는데 성희는 자신을 두른 보호막에 의지를 부여함으로서 이를 간단하게 해결했다.

자연스럽게 모두의 시선이 유건을 향했다.

각자 지닌 능력을 통해 기척을 지우긴 했지만 철환은 자신보다 더 능숙하게 기척을 지워가는 유건의 모습을 바라보며 쓰게 웃었다.

그동안 습관적으로 그를 보살피기 위해 무엇을 하든지 의식하게 되었는데 이제는 정말이지 그럴 필요가 없다는 생각이 들었다.

누구한테 배운 건지는 모르겠지만 저 정도 능력이

라면 어지간한 암살자도 울고 갈 정도의 레벨이었다.

'놀랍구나.'

유건을 보고 놀란 것은 비단 철환뿐만이 아니었다. 그가 처음 가드에 소속되었을 때부터 그의 수준을 잘 알고 있었던 하루나나 제임스도 놀라기는 마찬가지였다.

– 가자, 베네피쿠스.

심령으로 연결되어 있는 베네피쿠스를 향해 의사를 전달한 유건이 그 즉시 은밀하게 몸을 날렸다.

그를 지켜보고 있던 일행들조차 언제 그가 사라졌는지 모를 만큼 쾌속하고도 은밀한 움직임이었다.

유건은 자신과 동료들의 장, 단점을 정확하게 파악하고 있었다.

그 중에서도 돌발 상황 속에서 설혹 다치더라도 이를 충분히 감수 할 수 있는 이는 오직 자신만이 유일했다.

게다가 자신과 함께 하는 베네피쿠스는 거의 반 불사지체에 가까운 마물이었다.

일행들 중 유건 자신이 척후는 물론이거니와 만약의 상황에 대비해 내밀 수 있는 최고의 패였다.

그리고 유건은 베네피쿠스라는 자신과 피의 맹약을

맺은 이들을 온전히 신뢰하지 않았다. 그 스스로 자신의 내부에 잠들어 있는 혼돈의 기운에 대한 이해가 부족하기도 했지만 무엇보다도 그들이 자신을 최우선으로 하다가 다른 일행들을 위험에 빠뜨릴 수 있다는 사실을 그간의 행동을 통해 파악할 수 있었기 때문이었다.

그들에게 있어서 중요한 대상은 오직 맹약을 맺은 주인뿐이었다. 평소에야 주인의 동료로서 다른 이들을 존중하며 고개를 숙인다 하지만 막상 중요한 순간이 되면 주저 없이 그들을 이용할 수 있다는 것을 깨닫게 된 것이었다.

'이 녀석들은 위험하다.'

겉으로야 아무렇지도 않은 척 피의 맹약을 받아들이고 그들을 부리고 있었지만 심령이 연결된 이후 그들의 본질과 그들이 지닌 능력 하나 하나를 알아가게 되면서 부터는 오히려 이전 보다 더 강한 경각심을 지니게 되었다.

그들은 맹수였다. 그것도 치명적인 맹독을 품고도 상대방의 발바닥까지 핥아가며 방심을 유도할 수 있는 맹수.

상황만 허락한다면 아마 주저 없이 상대의 목 줄기

에 이빨을 박아 넣을 만큼 강렬한 포식자였다.

'도대체 왜 이런 녀석들이 나에게 피의 맹세를 한거지?'

자신과 거의 비등하게 몸을 날리는 베네피쿠스의 유려한 몸놀림을 바라보며 유건이 고개를 갸웃거렸다.

그런 주인의 의구심을 모를리 없는 베네피쿠스로서는 그저 가볍게 미소 지을 뿐이었다.

혼돈의 군주. 진정한 어둠의 주인. 그것이 베네피쿠스가 깨달은 유건의 본질이었다.

피의 맹약은 언 듯 보면 자신들에게 있어서 절대 복종을 강요하는 불평등조약과도 같아 보이지만 그 안에는 자신이 모두 털어놓지 않은 장점이 있었다.

그것은 바로 피의 맹약을 맺은 주군이 성장함에 따라 그 맹약자인 자신들도 영향을 받게 된다는 것이었다.

유건은 아직 개화하지 않은 꽃이었다. 꽃망울이 벌어지며 찬란한 향기와 아름다움을 뽐내게 될 날이 멀지 않음을 그는 직감했다.

실제로 유건과 맹약을 맺은 이후부터 그가 지닌 힘의 본질 자체가 한차례 진화했다.

이는 그들이 수백 년간 인간들의 정혈을 모아 가공한다고 해도 거의 불가능에 가까운 일이었다.

그것이 그와 맹약을 맺은 지 그리 오랜 시간이 지나지 않았음에도 불구하고 자연스럽게 행해졌다.

이를 깨닫고 난 뒤 베네피쿠스와 그의 수하들은 희열에 몸을 떨어댔다.

'나의 선택은 옳았다!'

이대로 시간이 더 흐른다면 자신은 모든 뱀파이어들의 왕, 피의 군주 아퀴나스를 뛰어넘는 전사로서 거듭나게 될 터였다.

베네피쿠스는 자신을 앞서가는 주군의 뒷모습을 바라보며 자신이 그의 가는 길을 평탄케 하리라는 의지를 다시 한 번 굳게 다졌다.

· ▼ ·

수직으로 뚫려 있는 통로 밑에서 부터 검게 빛나는 거대한 크리스탈과 이를 둘러싸고 있는 마법진에서 뿜어져 나오는 빛이 흘러나왔다.

– 베네피쿠스.

－ 네, 맡겨만 주십시오.

유건의 뜻을 깨달은 베네피쿠스가 손가락을 내밀자 이내 작은 박쥐 한 마리가 만들어져 통로 밑으로 하늘거리며 날아갔다.

박쥐가 지닌 기본적인 능력은 초음파를 통해 장애물을 파악하는 것이었다. 이를 자신의 사령으로 부리는 베네피쿠스는 퍼덕거리며 날갯짓하고 돌아다니는 박쥐를 통해 내부의 구조를 입체적으로 그려낼 수 있었다.

'사람은 없다.'

베네피쿠스가 보내준 상념을 읽어낸 유건이 지체없이 밑으로 몸을 날렸다. 그를 따라 베네피쿠스가 미끄러지듯이 몸을 날렸다.

"오, 오빠?"

그가 밑으로 사라지는 모습을 본 성희가 놀라 손을 내밀었다.

그런 그녀의 곁으로 다가온 하루나가 그녀의 어깨를 감싸 안으며 부드럽게 속삭였다.

"걱정 말아요. 지금의 유건은 그 어느 누구보다도 믿을 만하니까요."

"네."

그래도 걱정되는 건 어쩔 수 없는지 대답을 하며 입술을 깨무는 성희의 모습에 하루나가 미소를 지었다.

'남녀 간의 사랑은 어느 때나 아름다운 법이지. 이런 낡은 지하 세계에서도… 아~ 왠지 모르게 부럽네.'

그녀는 무의식중에 자신의 시선이 제임스를 향하고 있다는 사실을 깨닫고 황급히 고개를 돌렸다.

그녀의 가슴이 터질 듯이 두근거리기 시작했다. 그녀가 각성한 멀티태스킹 능력은 이럴 때도 어김없이 발휘되어 야속하게도 그녀가 제임스에게 연정을 가지게 되었다는 결론을 도출해내 알려주었다.

그녀 스스로 자각한 능력의 탁월함을 잘 알고 있기에 결코 부인할 수 없는 결론. 하루나의 두 볼이 발갛게 달아올랐다.

아무것도 모르는 제임스만이 초조한 듯 손가락을 튕겨가며 금방 사그라지는 작은 불꽃을 일으켰다.

바닥에 소리 없이 내려선 유건과 베네피쿠스는 즉시 기운을 확장해 주변을 살폈다.

혹시나 모를 기습에 대비하던 그의 이마를 타고 땀방울이 흘러내렸다.

희미하게 빛나는 마법진과 그 중심에서 천천히 회

전하는 검은 색 크리스탈에서 만들어진 은은한 진동음만이 들려올 뿐이었다.

"정말 아무도 없는 것 같군. 이건 단순한 장치인 건가?"

유건이 신호를 보내자 뒤이어 일행들이 그곳으로 하나 둘 내려섰다.

주변 경계를 위해 지하도에 남아있는 다른 수하들에게 다시 한 번 주의할 것을 당부한 유건은 마법진을 살펴보고 있는 제임스의 입이 열리기만을 기다렸다.

"이거 아무래도 하나가 아닌 것 같은데?"

"응? 하나가 아니라고요?"

그의 말이 끝나기 무섭게 유건이 되물었다.

"응, 뭐랄까… 그래, 이건 일종의 중계기 같은 거야. 왜 방송국 같은데서 쏘는 전파를 중간에 받아서 넘겨주는 그런 거."

"뭘 중계하는 건데요?"

성희의 물음에 제임스가 뒷머리를 긁적이며 답했다.

"나도 정확히는 모르겠지만 일종의 에너지 같은데? 흠, 이제 보니 이것 때문에 녀석들이 그렇게 하나같이 우량아가 된 건가?"

"그럼, 이런 게 여기 말고도 더 있다는 말이잖아요?"

유건의 말에 제임스가 맞장구를 쳤다.

"그렇겠지, 마법진의 규모로 보면 적어도 한 두 개 정도로 그치지는 않을 테니까. 하지만! 여기 그려져 있는 마법진을 따라 가다보면 그 중추에 다다를 수 있을 거야. 다리를 자르느니 몸통을 쳐야지. 단숨에! 모두 오케이?"

그의 의도를 이해한 유건이 천천히 고개를 끄덕일 때 즈음 베네피쿠스가 단호한 목소리로 외쳤다.

"사방에서 적들이 몰려옵니다. 현재 위치 이곳으로부터 90m전."

적들의 출현을 알리던 그의 아미가 찌푸려졌다.

"숫자가 너무 많습니다. 여기서 그들과 싸우기에는 너무….".

그 순간 마법진에서 환한 빛이 뿜어져 나왔다. 그리고 그 빛이 반구 형태를 이룬 채 그 가운데 있던 일행들을 에워쌌다.

"…역시나 함정이었군요."

적들의 급습을 알리던 베네피쿠스가 그럴 줄 알았다는 듯 가볍게 한숨을 내쉬며 말했다.

마법진에서 뿜어져 나온 빛 무리를 없애기 위해 불꽃을 날려대던 제임스와 칼바람을 만들어내어 쏘아보내던 철환이 체념한 듯 그 자리에 주저 앉았다.

　"이건 물리적인 힘뿐만 아니라 이능력에 의한 간섭도 배제하는 것 같네."

　혹시나 하는 마음에 작은 구형태의 방어막을 만들어 밖으로 보내보려던 성희의 시도도 무위로 돌아갔다.

　"보통 치밀하게 만들어진 마법진이 아니야. 괜한 힘부터 빼느니 다음 상황에 대비해야지. 그나마 다행인건 우리를 공격하려는 의도로 만들어진 마법진은 아니라는 거지."

　"그럼 뭐죠?"

　"보면 모르냐? 저번에 경험해 본적 있잖아. 이 비슷한 울림을."

　"아!"

　그제야 유건은 장거리 텔레포트 마법진을 이용했을 때와 비슷한 느낌을 전해주는 마법진의 울림을 기억해냈다.

　어리둥절한 얼굴로 자신을 바라보는 유건을 향해 제임스가 가볍게 한숨을 내쉬며 말했다.

"보통 비슷한 계열의 마법들은 각기 고유의 파장을 지닌다. 비슷한 계열들도 그럴진데 하물며 장거리 텔레포트 같은 고위급 마법은 누군가 새로운 마법을 창조하지 않는 이상 대부분 똑같아. 게다가 마법진으로 구성되기까지 했으니 두말하면 입아프지."

"그렇군요."

금방 납득해 버리는 유건의 모습에 제임스가 이채를 띠며 말했다.

"어째 금방 수긍한다?"

"뭐, 마법에 관해서는 우리들 중에 제임스씨가 제일 많이 알고 있으니까요."

"내가 틀릴 수 있다는 생각은 안 해봤고?"

그의 물음에 유건이 어깨를 으쓱거리며 말했다.

"뭐 그렇다고 해서 지금 상황에서 뭐 달라질 거라도 있나요?"

"하긴…."

'만약 위험한 마법진이었다면 달랐겠지만….'

뒷말은 속으로 삼킨 유건이 이제는 본격적으로 활성화 되어 눈을 뜰 수조차 없을 만큼 강한 빛을 뿜어내는 마법진 속에서 자신들을 에워싼 채 이를 드러내고 있는 각종 마물들의 모습을 바라보았다.

절름자4

'만약을 대비한 포석인 건가? 저 녀석들은.'

그가 잠시 생각에 잠긴 사이 눈앞의 광경이 순식간에 변하며 몸이 늘어나는 것처럼 어디론가로 빨려 들어갔다.

'윽, 예전에도 생각했던 거지만 기분 참 뭐 같네.'

∴

눈앞을 가리고 있던 환한 빛 무리가 걷히자마자 드러난 광경에 유건의 입이 딱 벌어졌다.

"저, 저게 대체 몇 명이냐?"

일행들 중 그의 말에 답하는 이는 아무도 없었다. 미간을 찌푸린 채 전면을 바라보고 있던 철환이 허공을 손으로 내저으며 말했다.

"공기의 질이 다르다. 아무래도 여긴 평범한 공간이 아닌 것 같은데?"

그의 말에 제임스가 손에서 작은 불꽃을 피워 올리며 대꾸했다.

"이거 아무래도 적의 안방으로 들어온 것 같은데? 능력들이 제한을 받고 있어."

그의 말에 자신의 능력들을 점검해보던 일행들의

얼굴에 그늘이 드리워졌다. 하나같이 무언가에 짓눌리기라도 한 것처럼 능력을 발휘하는 일이 이전과 같이 순조롭지 않았기 때문이었다.

어리둥절한 얼굴로 동료들을 돌아보던 유건이 오히려 활력이 넘쳐흐르는 자신의 양 손을 내려다보며 고개를 갸웃거렸다.

'난 왜 평소보다 더 힘이 넘치지?'

그의 물음에 답하기라도 하듯이 베네피쿠스가 말했다.

"어둠의 영지로군요. 한정된 공간에서 펼쳐진 걸 몇 번 본적은 있었지만 끝이 보이지 않을 정도라니…."

"어둠의 영지?"

유건의 물음에 베네피쿠스가 공손하게 고개를 숙이며 답했다.

"네, 고위급 흑마법사들이 펼치는 일종의 소환 마법입니다. 이 경우에는 단순히 소환이라고 부르기 어렵겠지만요. 아무튼 이곳에서는 어둠의 힘을 지닌 자가 아닌 이들은 모두 지닌 힘에 어느 정도의 제약을 받게 됩니다. 개인차가 있긴 하지만요."

그의 설명을 들은 유건이 미간을 찌푸리며 물었다.

"제약?"

"네, 아군의 힘은 강하게 적의 힘은 약하게. 이것이 어둠의 영지가 지닌 탁월함이죠."

그의 말에 귀를 기울이고 있던 제임스가 나직이 혀를 차며 말했다.

"쳇, 이거 완전 제대로 함정에 빠진 거네. 대충 가늠해보니 전력의 70%정도 밖에 운용을 못할 것 같은데 말이지."

"후후훗, 뭐 그 정도면 적당하지 않나요?"

전면을 가득 채우고 있는 각종 마물들을 바라보며 하루나가 의미심장하게 웃었다.

그녀의 말에 제임스가 키득거리며 대답했다.

"이런, 우리 여황폐하께서 이번에는 제대로 한 번 나서보시려나 보네."

그의 너스레에 미소로 답한 하루나가 유건을 향해 고개를 돌렸다.

"유건씨는 아무런 제약도 받지 않았죠? 베네피쿠스 씨도 마찬가지일 테고."

베네피쿠스를 제외한 나머지 7명의 수하들은 이동 당시 지하도 내부를 경계하고 있었기에 이 자리에 함께 하지 못했다.

그녀의 물음에 유건이 멋쩍은 듯이 대답했다.

"뭐, 그런 것 같네요. 오히려 힘이 더 넘치는 것 같은 기분이….."

베네피쿠스는 그녀와 눈이 마주치자 가볍게 고개를 숙여보였다.

두 사람의 상태를 확인한 하루나의 눈이 반짝거렸다.

"저들이 왜 공격을 안하고 기다리고 있는지는 모르겠지만 덕분에 시간을 벌었으니 우리로서는 다행이네요. 그럼 여러분, 지금부터 제가 보내는 기운을 거부하지 말아주세요."

그녀가 자각한 멀티태스킹 능력이 개화하기 시작한 것은 얼마 전 제임스와 함께 수많은 격전을 치르던 와중이었다.

수많은 불티를 날려가며 눈에 보이지 않을 정도로 격렬하게 움직이는 제임스에게 실시간으로 지시를 내리고 싶다는 마음이 강하게 들던 어느 순간 그녀는 갑자기 자신에게서 뻗어나간 실같은 기운이 제임스의 몸에 달라 붙는 것을 느꼈다.

그리고 그때부터는 마치 정신이 하나로 합일 된 것 같은 황홀경 속에서 시간차가 거의 존재하지 않을 정도로 빠른 의식 교환을 이룰 수 있었다.

능력의 개화(開花)!

그동안 극히 소수에 해당하는 요원들에게서 무척이나 드물게 이루어졌었기에 제대로 보고된 적이 별로 없는 현상이었다.

그런 그녀에게서 뻗어나간 투명한 실이 모두의 몸에 달라붙었다.

"아아!"

제임스 한 명과 연결되었을 때에도 황홀했었지만 한 번에 여러 사람과 동조를 이루자 말로 형언할 수 없는 쾌감이 몰려왔다.

마치 자신이 지닌 영혼의 총량이 몇 배로 불어나는 것 같은… 필멸자로서는 절대 누릴 수 없는 그 정신적 고양감이 하루나의 온 몸을 폭풍처럼 휘몰아쳤다.

'응?'

유건은 자신에게 다가와 달라붙은 투명한 실 모양의 가닥을 통해 미약하지만 뜨거운 기운이 밀려들자 이를 거부하지 않고 차분하게 받아들였다.

그러자 그 순간 하루나를 통해 연결된 동료들의 의념이 그의 머릿속으로 몰려들었다. 마치 하루나라는 중계기를 통해 모두의 의식이 하나로 통합되는 것 같았다.

여러 명의 의식을 자신을 매개로 해서 연결한다? 보통 사람이었다면 그 넘쳐나는 정보의 총량을 견뎌내지 못하고 그대로 뇌가 녹아내렸을 터였다.

이토록 놀라운 능력의 활용은 멀티태스킹 능력을 각성해 두뇌의 총 사용량이 범인의 그것을 훨씬 뛰어넘는 하루나였기에 가능한 일이었다.

'모두 제 말이 들리나요?'

'이게 대체 뭐지?'

'누, 누님?'

'한명도 아니고 여러 명을 동시에 연결하다니 역시 여황폐하!'

'하루나 언니?'

'……'

'놀랍군. 마치 모두의 의식이 하나로 이어져 있는 기분이야. 이런 동료가 하나라도 있다면 몇 키로 밖에서도 표적을 맞출 수 있을 것 같군 그래.'

'다행히 모두 잘 연결된 것 같군요. 처음이라 솔직히 조금 걱정하긴 했었는데… 그럼 모두, 지금부터 저의 지시를 따라주셔야겠습니다.'

처음 동조가 이루어졌던 순간부터 점차 그 연결이 공고해지기 시작하자 간단한 의사만 주고받을 수 있던 것이 이제는 아예 스스로 생각을 하는 것처럼 머릿속으로 직접 그 의념을 전달받을 수 있었다.

유건은 머릿속으로 흘러들어오는 하루나의 작전을 이해한 뒤 나직이 속으로 탄성을 터트렸다.

'그 짧은 시간에 모두의 특징을 파악하고 작전을 세웠단 말인가?'

놀라는 것은 비단 그 뿐만이 아니었다. 모두들 속으로 하루나가 지닌 능력의 탁월함에 감탄하고 있었다.

마치 준비할 시간을 주기라도 했던 것처럼 때를 같이해서 끝이 보이지 않을 정도로 많이 몰려있던 마물들이 그들을 향해 서서히 다가서기 시작했다.

태초의 마녀 릴리스가 지닌바 능력을 온전히 각성해 펼친 어둠의 영지 전체가 흔들거렸다.

단순히 전진하기만 하는 것뿐인데도 묵직한 기운이 일행 모두를 내리 눌렀다.

모두가 마른 침을 삼키며 긴장하고 있던 그 순간 하루나의 목소리가 모두의 머릿속에 울려 퍼졌다.

'바로 지금이예요!'

그 순간 긴장한 채 굳어있던 성희가 전면을 향해 이능을 발현시켰다.

얇고도 넓게 펴진 성희의 이능이 뻗어나가면서 대기 중에 밀도 높게 자리하고 있던 어둠의 마나만을 선별적으로 밀어냈다.

덕분에 거칠 것 없이 전진하던 마물들의 기세가 한풀 꺾였다.

그와 동시에 몸을 숨긴 채 안정적으로 자리를 잡은 볼코프의 총신이 불을 뿜기 시작했다.

방금 날려 보낸 성희의 보호막을 통해 파악해낸 중간 지휘자 급의 마물들만을 선별해 저격을 가한 것이다.

수많은 마물들 사이에서 몇몇이 맥없이 쓰러져 이내 동료들의 발에 밟혀 형체를 알아볼 수 없게 변해버렸지만 그들 중 그 누구도 쓰러진 마물에게 관심을 두지 않았다.

볼코프의 공격은 비록 지금은 별로 티가 나지 않는 것 같았지만 점차 싸움이 길어질수록 그 효과가 비로소 제대로 나타나기 시작할 터였다.

하루나가 계획한 작전에 있어서 저들과의 전투에 소요되는 시간은 무척이나 길었다. 그 긴 싸움의 서막이 이제 막 올랐을 뿐이었다.

'반드시 이긴다!'

하루나의 굳은 의지가 일행들 모두에게 생생하게 전달되었다.

그 순간 베네피쿠스가 붉은 안개로 화해 적진을 향해 날아갔다. 그에게 주어진 역할은 적진 내부를 헤집고 다니며 혼란을 조장하는 것이었다.

은밀함에 있어서 타의 추종을 불허하는 그에게 딱 알맞은 역할이었다. 게다가 이곳은 그에게 있어서 끊이지 않는 활력을 불어넣어주는 어둠의 영지. 오랜 세월을 살아온 진혈 뱀파이어 베네피쿠스, 그 또한 어둠의 족속이었다.

유건과 철환 두 사람이 전면으로 천천히 걸어 나갔다. 적들을 맞이하여 단 한 녀석도 뒤로 보내지 않는 것이 바로 최선봉으로서 그 두 사람이 맡은 역할이었다.

"그렇게 어깨가 축 처져서야 어디 제 몫을 감당할 수나 있겠습니까?"

유건의 도발적인 말에 철환이 무뚝뚝한 목소리로 답했다.

"아서라, 나 따라오기에 100년은 이르다. 애송이."

가볍게 주먹을 맞댄 두 사람이 각자 지닌 힘을 온전히 개방했다. 세계수의 보호아래에서 모든 봉인을 해제한 뒤 뼈를 깎는 노력을 해왔던 철환은 이제 어느 정도 자신안에 봉인된 힘을 제어할 수 있게 되었다.

그간의 실전들을 통해 이를 가다듬은 그의 온 몸에서 거대한 어둠의 기운들이 줄기줄기 뻗어 나왔다. 그의 손에 들려있는 고풍스러운 신검. 풍신(風神)이 주인의 의지에 호응이라도 하듯이 가늘게 몸을 떨어댔다.

검은 기운이 몰려들어 마치 악명 높은 마검처럼 보이는 풍신을 전면을 향해 단숨에 떨쳐내자 검은 기운에 휩싸인 셀 수 없을 만큼 많은 칼바람이 마물들을 향해 날아갔다.

칼바람의 뒤를 따라 몸을 날린 철환이 마치 이리떼를 만난 사자처럼 거칠게 날뛰기 시작했다.

"쳇, 성격도 급하시네."

등에 매고 있던 롱기누스의 창을 꺼내든 유건이 숨을 길고 가늘게 뿜어내며 자세를 잡았다.

감았던 눈이 떠지며 전면을 향해 엄청난 기운이 폭사되었다. 일순간 모든 이들의 동작이 멈출만큼 어마어마한 충격파가 대기를 진감시켰다.

유건이 남궁태민에게 전수받은 폭뢰신권(爆雷神拳)을 창을 통해 펼쳐낸 것이었다.

거침없이 진군하던 마물들의 일부가 마치 존재하지 않았던 것처럼 말끔하게 소멸되었다.

'창으로 펼쳤으니 폭뢰신창(爆雷神槍)이라고 해야 하나?'

자신의 손으로 만들어낸 믿지 못할 광경에 남들이 놀라든지 말든지 태평한 얼굴로 키득거리던 유건이 대기 중에 밀도 높게 떠돌고 있는 어둠의 기운을 잔뜩 들이켰다.

내부로 들어온 어둠의 기운이 온 몸으로 퍼져나가는 짜릿한 감각을 만끽하던 유건이 땅을 박찼다.

"고통을 느낄 새도 없이 단숨에 죽여주마!"

'…고통을 느끼는 지는 잘 모르겠지만.'

뒷말은 속으로 삼키며 전면으로 달려 나간 유건의 손이 흔들릴 때마다 무수히 많은 마물들의 목이 공중으로 날아올랐다.

어둠의 기운을 잔뜩 흡수한 창이 마치 더 달라는 듯 가늘게 몸을 떨어댔다.

"크, 그렇게 좋냐?"

주인은 대기 중에 떠도는 어둠의 기운을 들이키며 전율하고 무기는 어둠의 기운을 게걸스럽게 먹어치우며 더 달라고 아우성을 치고 있었다.

'이제 보니 이거 완전 악당 콤비잖아?'

쓰게 웃은 유건이 쉴 새 없이 손발을 놀리며 사방에서 이를 드러내고 달려드는 마물들을 베어 넘겼다.

간혹 그 둘을 피해 뒤로 빠져나간 마물들은 영혼까지 태워버리는 지옥의 겁화를 마주해야했다.

푸화악!

두 사람을 돌아서 뒤로 달려들던 수많은 마물들이 순식간에 사라졌다. 그 자리에 타고 남은 재와 연기들이 마물들이 있었음을 알려줄 뿐이었다.

전황을 파악하기 위해 성희가 만들어준 보호막 발판 위에 올라 전장을 내려다 보고 있던 하루나의 얼굴에 미소가 걸렸다.

'성희? 지금이에요.'

그간 잠자코 힘을 모으고 있던 성희가 그녀의 말에 고개를 끄덕이며 다시 한 번 전방을 향해 보호막을 날려 보냈다.

그녀가 도둑고양이라고 명명한 기술에 의념을 더해 어둠의 기운만을 선별해서 밀어내는 기술이었다.

그녀의 이능이 발현되자 수없이 많은 마물들이 주춤거리며 뒤로 물러섰다. 마치 마주해서는 안 되는 무언가를 대면한 것 같은 움직임이었다. 그러나 성희가 각성한 이능은 피할 수 있는 성질의 것이 아니었다.

그녀의 기운이 얇고도 넓게 퍼져서 대기를 훑어가며 뻗어나가자 마물들의 기세가 한풀 더 꺾여들었다.

전면에서 가장 많은 마물들과 마주한 채 쉴 새 없이 손발을 놀리던 유건과 철환은 적들을 상대하는 게 한결 수월해졌다는 걸 느낄 수 있었다.

'제법인데?'

·　▼　·　·

성희의 이능이 보여준 전방위적인 놀라운 위력에 내심 감탄한 유건이 자신의 머리를 향해 떨어져 내리는 거대한 발톱을 창대를 휘둘러 튕겨냈다.

그 사이 지척까지 파고든 비교적 날씬한 체구의 마물 하나가 기형적으로 길게 늘어진 팔을 휘둘러 옆구리를 베어냈다.

그대로 창을 곧추세워 녀석의 일격을 막아낸 유건이 그대로 창대를 휘돌리며 녀석과 함께 달려든 비슷한 종류의 마물들을 후려갈겼다.

깨갱.

마치 개가 지르는 것 같은 비명을 질러대며 사방으로 튕겨져 나간 마물들로 인해 생겨난 빈 공간을 거대한 체구를 자랑하는 소와 닮은 마물들이 채웠다.

꼭 미노타우르스라고 명명된 몬스터와 닮았는데 유독 검게 번들거리는 피부와 칠흑같이 검은 뿔과 그 사이에서 방전되고 있는 푸른 뇌전이 녀석이 평범한 몬스터와 다른 어둠의 힘에 의해 재탄생한 마물임을 여실히 보여주고 있었다.

뿔 사이에서 푸르게 번쩍이고 있던 뇌전이 못내 거슬렸었는데 아니나 다를까 푸른빛이 강렬해지는가 싶더니 빛살과 같이 유건의 몸을 향해 날아들었다. 그것도 하나가 아니라 사방에서 푸르게 방전하는 뇌전이 그를 중심으로 쇄도했다.

피하기엔 너무 늦은 것 같아서 되는대로 창대를 들고 있던 팔을 내밀었는데 날아들던 뇌전이 창대로 빨려 들어가며 완만한 곡선을 그렸다.

"어라?"

마치 피뢰침에 낙뢰가 꽂이기라도 하듯이 창대로 빨려 들어간 푸른 뇌전이 점차 사그라지며 자취를 감췄다. 제법 위력이 대단했던 듯 그 여파로 인해 유건의 머리카락이 하늘을 향해 곤두섰다.

"너, 잡식성이었냐?"

그의 물음에 답하기라도 하듯이 창대가 몸을 떨어 댔다. 무척이나 만족스럽다는 것을 알리기라도 하듯이 그 떨림이 평소와 달리 좀 더 강렬하게 전해졌다.

아니나 다를까 분기에 가득 차 콧김을 내뿜어가며 달려드는 녀석들을 향해 창을 휘두르니 처음의 그것과 사뭇 다른 검푸른 뇌전이 창대의 움직임을 따라 뻗어나갔다.

크아아아!

방사형으로 뻗어나간 뇌전에 의해 수많은 마물들이 고통에 찬 비명을 질러댔다.

놈들이 가늘게 몸을 떨어대며 뇌전이 전해준 고통으로 인해 괴로워하고 있는 사이 유유히 그 사이를 누비며 창대를 휘두르는 유건의 손이 보이지 않을 정도로 빠르게 움직였다.

"정말이지 징그럽게도 많다. 죽여도 죽여도 끝이 없네."

말은 그렇게 하면서도 가장 효율적으로 착실하게 적의 숫자를 줄여나가고 있었다.

이쯤해서 생각해보면 적이 노리는 바는 무척이나 명확했다.

적이 지닌 개개인의 무력을 높이 평가하면서도 그들이 지닌 명확한 한계점을 노린 것이었다. 그것은 유건의 일행이 의도한 바는 아니었지만 소수 정예를 표방하고 있다는 것이었다.

아무리 강력한 개체라고 해도 일정한 전력을 갖춘 이들로 만들어진 군대, 곧 그 끝이 보이지 않을 정도의 숫자로 밀어붙여버리면 언젠가는 지쳐서 나가떨어지게 되어 있었다.

물론 인간은 사기라는 집단의식을 통해 만들어진 정신적 집합체의 영향을 받기에 일당백의 용사가 수만의 군대를 물리칠 수도 있었지만, 이들은 그러한 것들에 아무런 영향을 받지 않는 마물들이었다.

이는 곧, 주인의 명령에 따라 죽을 때까지 공격을 반복하는 녀석들이 셀 수 없이 많다는 것을 의미했다. 그들은 결코 강력한 개체가 지닌 능력으로 인해 공포에 장악당하거나 그 공세가 무뎌지지 않았다.

작전을 총지휘하는 하루나는 그들 모두를 상대해야

할지도 모른다는 극단의 상황 또한 그녀의 머릿속에 그려 넣고 있었다.

그렇기에 각자가 지닌 역할이 모두 중요했다. 지금 당장은 별다른 희망이 없어보였지만 시간이 점차 지나다보면 그들에게로 승기가 기우는 시점에 도달하리라는 것을 그녀는 확신했다.

이는 무지에서 오는 신념적 확신이 아닌 모든 상황과 변수를 다각도로 계산해 낸 뒤에 내려진 결론을 신뢰하기에 따라오는 확신이었다.

그녀는 믿었다. 그 누구보다도 이번 작전의 핵심인 유건과 철환 이 두 콤비의 활약이 끝없이 지속되리라는 것을.

그녀의 믿음에 부응하기하도 하듯이 유건과 철환의 손속은 처음에 비해 배는 더 날카로워져 있었다.

제 아무리 지치지 않는 힘의 원천을 몸 안에 지니고 있다 할지라도 그들 또한 사람이기에 정신적인 피로가 만만치 않았다. 그러다 보면 언젠가는 손끝이 무뎌지게 되는 순간이 찾아오게 되고 바로 그러한 때가 커다란 실수로 이어지게 되는 법이었다.

이를 잘 알고 있는 철환은 일찌감치 전투에 임하면서 상대를 마물이 아닌 단순한 무생물로 여기고 정신의 일정부분을 의도적으로 차단했다.

이러한 그의 의도는 전혀 예기치 못한 곳으로 그의 정신을 유도해갔는데 그 결과 그는 한층 더 성숙한 무(武)의 다음 단계를 향해 나아가는 단초를 얻을 수 있게 되었다.

마치 매일같이 이루어지던 수련의 일환으로 나무로 만든 인형을 내리쳤던 것처럼 그런 고요한 명경지수(明鏡止水)의 상태를 유지하며 적들을 베어 넘기고 있었던 것이었다.

지금의 이 상황은 아이러니하게도 끝없이 매진하던 수련의 일환으로 얻어진 것이 아니라 적들을 상대하는 난전 중에 맞이하게 된 일종의 기연(奇緣)이라고 볼 수 있었다.

이를 증명하기라도 하듯이 풍신을 휘두르는 철환의 움직임이 군더더기 하나 찾아볼 수 없을 만큼 유려하게 변모했다.

마치 마물들로 즐비한 저 지저의 밑바닥에서 홀로 고고하게 서서 춤을 추고 있는 천신을 보는 것 같았다.

"호오~!"

강하게 창대를 휘돌려 주변에 몰려있던 마물들을

단숨에 날려버린 유건이 잠시 생긴 틈을 타 한숨을 돌리는 와중에 눈을 잡아끄는 철환의 검놀림을 바라보며 탄성을 토해냈다.

마침 그 근처에서 가장 덩치가 커 보이는 마물 녀석 하나가 철환을 향해 돌진했다.

마치 바람에 하늘거리는 가을 낙엽처럼 녀석의 옆으로 살짝 몸을 피한 철환이 부드럽게 풍신을 내리 그었다.

쿠웅!

그 가벼운 손짓에 의해 벌어진 결과라고는 믿을 수 없을 만큼 깔끔하게 절단된 마물의 목이 몸과 분리 되어 땅에 처박혔다.

전율.

검을 조금이라도 다룰 줄 아는 자라면 지금 철환이 보여 준 한 수가 얼마나 놀라운 것인지를 그 즉시 깨달을 수 있었을 것이다.

너무나도 명확하게 검이 나아가야할 궁극의 지향점을 보여주는 철환의 검술에 유건의 눈이 고정되었다.

유건은 지금 자신에게 찾아온 이 순간이 일평생 두 번 만나기 힘든 중요한 순간이라는 것을 직감했다.

몸에 닿지 않을 정도로의 극도로 절제한 몸동작으로 행해지는 방어.

그러한 소극적인 방어태세를 갖춘 채로 눈은 철환에게 고정한 유건이 마치 마른 땅이 물을 빨아들이듯이 그가 도달한 무의 극의를 남김없이 흡수하기 시작했다.

조금 전에 비해 어딘가 조금 기세가 줄어든 유건을 향해 마물들이 침을 흘려가며 쇄도하기 시작했다.

팔을 휘돌린다.

팔보다 월등한 길이를 자랑하는 창이 팔의 움직임을 따라 자연스럽게 회전하기 시작한다.

휘두름이라는 단순한 수단을 통해 공격과 방어가 동시에 이루어지고 있었다. 상대가 정상적인 상태가 아님을 직감한 마물들이 약점을 물고 늘어지는 맹수처럼 사정없이 쇄도해왔다.

그러나 유건은 이 휘두름이라는 단순한 수단을 통해 공격과 방어를 매우 효과적으로 행하고 있었다.

여전히 그의 눈은 철환에게 고정되어 있었다.

간혹 일반적인 마물들에 비해 월등한 힘과 능력을 자랑하는 중간 보스급 마물들이 그런 유건을 노리고 은밀하게 접근해 왔지만 지척에 다다르기도 전에 머리가 터져나갔다.

붉은색 빛에 휩싸인 마탄이 놈들을 겨누고 있다는 사실을 잊었기 때문이었다.

"쳇, 저 녀석 대체 어디에다가 정신을 팔고 있는 거야?"

칼에 대해서는 아는 바가 별로 없었기에 지금의 유건이 보이는 이상 행동이 잘 이해되지 않는 볼코프였다.

그러나 투덜거리는 와중에도 그의 손가락은 정확한 타이밍에 적의 급소를 향해 총탄을 날려 보냈다.

"어, 언니? 오빠가 갑자기 왜 저러는 거죠?"

언 듯 보기에는 무척이나 위태로워 보이는 유건의 모습에 성희가 안절부절못하며 하루나를 바라보았다.

마치 지금 당장이라도 힘을 모으는 것을 중단하고 그에게 보호막을 씌워주어야 할 것처럼 발을 동동 구르고 있었다.

정신적인 유대를 통해 유건이 지금 무척이나 중요한 시기를 맞고 있다는 것을 잘 알고 있는 하루나였기에 가볍게 미소를 지으며 말했다.

중요한 시기인 것은 비단 유건뿐만이 아니었기에 지금 두 사람에게 그 어떠한 인위적인 개입도 자제해야만 했다.

"걱정말아요. 지금 유건군이나 철환씨나 두 분 모두 일평생 한번 만나기도 힘든 정신적 고양 상태에 있으니까요. 위태로워 보이긴 해도 제법 안전한 상태랍니다."

"네? 그게 무슨?"

무(武)라는 개념 자체가 낯선 성희로서는 하루나가 하는 말을 제대로 이해할 수 없었다.

그런 그녀의 물음에 가볍게 한숨을 내쉰 하루나가 그녀의 손을 잡아 끌어 자신의 몸에 가져다 댔다.

가볍게 이어져 있는 가느다란 연결 끈 대신 직접 손을 가져다 대자 지금까지와는 차원이 다른 정보들이 성희의 머릿속으로 밀려들어왔다.

"아아!"

간접적인 방법을 통해 극도의 쾌감을 경험한 성희의 입에서 달뜬 목소리가 흘러나왔다. 지극히 본능적인 반응이었기에 미처 입을 틀어막을 새도 없이 자기도 모르게 요상한(?) 신음 소리를 흘린 성희의 얼굴이 붉어졌다.

"정신을 집중해서 두 사람의 상태를 가만히 들여다 보세요."

하루나의 인도 덕분에 수월하게 두 사람에게 연결된 끈을 통해 흘러들어오는 정보들을 접한 성희의 두 눈이 휘둥그레졌다.

두 사람 모두 뭐라 설명할 수 없는 평안한 상태에 빠져 있었다. 그 사이로 놀라운 무(武)의 비의(秘意)들이 쉴 새 없이 흘러들어오고 있었다.

뭐가 뭔지 하나도 모르는 성희조차 그것이 평범한 무언가가 아님을 알아 챌 수 있었다.

하루나가 그녀의 손을 떼어내자 전혀 자각하지 못했던 극심한 정신적 피로가 밀려들었다.

"헉헉헉헉."

하루나가 가쁘게 심호흡을 하는 성희의 등을 가볍게 토닥여주었다.

"후우~ 대체 이런 걸 어떻게 감당하고 계신 거죠?"

수차례나 심호흡을 반복하고 나서야 안정을 되찾은 성희가 놀랍다는 얼굴로 그녀에게 물었다.

"그게 제가 각성한 이능력이니까요. 성희씨가 숨 쉬듯 자연스럽게 보호막을 사용하는 것과 비슷한 거라고 생각하면 될 것 같네요. 물론 훈련이 어느 정도 필요하긴 하지만요."

그제야 이해가 가는 듯 고개를 끄덕이던 성희가 저 멀리서 수많은 마물들 사이에 휩싸인 채로 분투하고 있는 두 사람을 바라보았다.

비록 짧은 순간이었지만 그의 정신이 내면으로 흘러들어왔을 때 단편적으로 느껴졌던 그의 본질이 떠올랐다.

'따뜻했어. 마치 봄날에 느껴지는 따뜻한 바람처럼….'

자신의 역할에 충실하기 위해 다시금 힘을 모으기 위해 자리를 잡고 선 성희가 눈을 감고 자신의 내면속으로 침참해 들어갔다.

'좀 더 빠르게 그리고 좀 더 강하게! 나도 할 수 있을 거야. 더 발전할 수 있어!'

저만치 앞서나가는 두 사람의 모습에 자극을 받은 그녀가 잠재 등급만으로도 S랭크를 부여받은 자신만의 이능에 집중하기 시작했다.

그런 그녀의 주변으로 하얀 빛이 은은하게 뿜어져 나왔다.

푸화학!

"이크! 하나 놓칠 뻔 했네."

그가 철환의 모습에 잠시 한눈을 판 사이 그가 만들어 놓은 불의 장벽을 뚫고 날렵한 체구의 마물 한 마리가 성희와 하루나를 향해 돌진했다.

재빠르게 대처한 덕분에 얼마 가지 못하고 불타버

리고 말았지만 등줄기를 타고 흘러내리는 땀방울만큼은 그로서도 어쩔 수 없었다.

"휴우~ 이거 아주 제대로 부려먹으시네, 우리 여황 폐하께서."

어찌 보면 일행들 중에서 가장 힘들고 어려운 일을 맡은 건 제임스라고 할 수 있었다.

길게 늘어선 불의 장벽을 유지하면서도 이를 뚫고 나오는 비교적 강력한 마물들을 처리해야 하는 것도 그의 몫이었다.

물론 간간히 볼코프가 도움을 주기는 했지만 그렇다고 해서 그만 믿고 마음을 놓을 수도 없었다.

그가 뚫리면 하루나와 성희가 위험해진다. 이 절대적인 사실을 잊지 않은 제임스가 양손에 힘을 집중시켰다.

쏘아져 나간 거대한 두 개의 불기둥이 서서히 약해져가는 불의 장벽을 다시금 불타오르게 만들었다.

"하아~ 이러다가 얼굴에 주름생기겠어."

나직이 투덜거리던 그가 거세게 타오르는 불의 장벽을 뚫고 모습을 드러낸 마물을 향해 불덩어리를 날려 보냈다.

유건과 철환의 눈부신 활약 덕분에 마물들의 적극적인 공세가 한풀 꺾였다.

공포를 느끼는 녀석들은 아니었지만 어딘지 모르게 조금은 주저하는 모습을 보이고 있었다.

그들도 본능적으로 유건과 철환의 내부에서 꿈틀거리는 기운의 실체를 조금이나마 느끼게 된 것이었다.

그렇게 유건 일행들 쪽으로 승기가 조금씩 기울려고 할 때 즈음 강렬한 존재감을 내뿜는 중급 마물들이 속속 모습을 드러냈다.

"이, 이런!"

제일먼저 모습을 드러낸 중급 마물이 제임스가 만들어 놓은 불의 장벽을 뚫고 빠른 속도로 성희와 하루나가 있는 곳을 향해 달려갔다.

뒤늦게 불덩어리를 날려 보냈지만 녀석의 속도가 지금까지와 달리 무척이나 빨랐다.

간발의 차이로 녀석을 놓친 제임스가 다급한 표정으로 뒤를 돌아보는 찰나 빠르게 달려가던 녀석이 갑자기 공중에서 멈춰선 채로 침을 흘리며 괴로워했다.

잠시 후 서서히 형체를 갖춘 베네피쿠스가 놈의 목

줄에 이를 박아 넣은 채로 놈의 숨통을 끊고 있었다.

비로소 안도의 한숨을 내쉰 제임스가 그를 향해 살짝 고개를 숙이며 감사의 인사를 건넸다.

제법 날렵해 보이는 중급 마물의 숨통을 완전히 끊어버린 뒤 그를 물끄러미 바라보던 베네피쿠스가 그가 건넨 인사에 답례를 한 뒤 자취를 감췄다.

위기일발의 순간을 그 덕분에 잘 모면한 제임스는 새삼스럽게 저런 능력을 갖춘 고위급 뱀파이어가 어째서 그토록 쉽게 유건에게 복종을 맹세했는가에 대한 의문을 가지게 되었다.

그 또한 유건 못지않은 노련한 전사였기 때문이었다. 그것도 전장을 살피는 눈이 무척이나 탁월한 믿음직스러운 전사였다.

'유건에게 내가 모르는 무언가가 있기라도 한건가?'

사실상 필멸자에 해당하는 제임스로서는 필멸과 불멸의 사이에 발을 걸치고 살아가고 있는 베네피쿠스만이 알 수 있는 그 혼돈의 기운을 알아차리기란 요원한 일이었다.

마치 기다렸다는 듯이 모습을 드러낸 중급마물들에 의해 지휘관들의 부재로 인한 혼란이 순식간에 정리

되고 중구난방으로 덤벼들던 마물들의 동작들이 일사 분란하게 변화했다.

까앙!

너무나도 유려한 동선을 그리고 있었기에 결코 멈출 것 같지 않았던 철환의 칼날이 악어를 닮은 머리에 미노타우르스와 비슷한 몸을 지닌 중급 마물의 손에 의해 처음으로 가로막혔다.

그와 동시에 철환의 의식도 비로소 깨어났다.

'응?'

뭔가 무척이나 황홀한 꿈을 꾸고 일어난 것만 같았다. 자신 앞에 서서 냄새가 고약한 입김을 내뿜고 서 있는 마물만 아니었다면 더 상쾌했을 테지만 언제나 현실은 이상과 거리가 있는 법.

이전과 판이하게 달라진 자신의 몸 상태를 알아차린 철환이 가볍게 풍신을 휘돌려 사방을 향해 칼바람을 날려 보냈다.

그의 깨달음이 녹아있어 평소보다 배는 더 강력해진 칼바람에 의해 그와 마주 서있는 중급 마물을 제외한 나머지 마물들이 일소에 소거되었다.

금방 다시 채워지긴 하겠지만 그 탁월한 신위에 마주선 중급마물의 눈빛이 달라졌다. 긴장감으로 인해 가볍게 흔들리는 녀석을 향해 철환이 달려들었다.

슈각.

가벼운 하단 베기로 녀석의 발목을 그대로 베어낸 철환이 그대로 몸을 한 바퀴 휘돌며 원심력을 이용해 자연스럽게 놈의 겨드랑이 사이로 검을 집어넣었다.

푸화학!

잘린 채 날아가는 놈의 거대한 오른 팔과 절단면에서 뿜어져 나오는 검푸른 핏물이 시야를 어지럽혔다.

"크오오오오!"

고통으로 인해 울부짖던 놈의 악어 머리가 곧바로 몸과 분리되어 바닥에 내동댕이쳐졌다.

"씨끄럽잖아, 못생긴 녀석아."

칼을 휘둘러 묻어있던 핏물을 털어낸 철환이 다시금 꾸역꾸역 몰려들기 시작한 일반 마물들 너머 곳곳에 존재하고 있는 중급 마물들을 바라보았다.

놈들은 마치 무언가에 홀리기라도 한 것처럼 한쪽 방향으로 급격하게 몰려가기 시작했다.

"응? 뭐지?"

놈들이 몰려가는 최종 목적지에서 거대한 기파가 방사형으로 뻗어나갔다.

"으읏! 이건 뭐야? 보스급 몬스터인가?"

철환이 착각할 정도로 강한 어둠의 기운을 흩뿌리며 존재감을 과시하고 서있는 존재는 다름 아닌 유건이었다.

철환의 모습을 바라보며 본의(?) 아니게 자신의 잠재 능력을 어느정도 자각하게 된 유건이 대기 중에 가득 차 있는 어둠의 마나를 일시에 빨아들이며 외부의 자극으로 인한 것이 아닌 온전한 자의로 인한 1차 각성을 이루었다.

"푸후~"

검은 갑주를 두르고 있는 한명의 흑기사와 같은 모습으로 주변을 둘러보며 깊이 들이마신 숨을 천천히 내뿜는 유건의 입가로 검은 기운이 흩날렸다.

"후아~ 이거 정말 기분 죽이는데?"

분노라는 극단적인 감정의 분출로 인해 촉발되어 일어났던 지난번의 각성과 달리 이번에 유건의 머릿속을 가득 채우고 있는 것은 상쾌함이었다.

모조리 죽이고 싶다는 강렬한 열망 따위는 존재하지 않았다. 오히려 그런 그의 모습을 바라보며 본능적으로 공포를 느끼고 있는 마물들이 귀여워 보일 지경이었다.

세포 하나하나가 살아 숨 쉬는 기분이었다. 무언가

꽉 막혀있던 둑이 터져나간 것만 같았다.

당장이라도 속에서 넘쳐 흐르는 이 힘을 분출하고 싶었다.

그의 눈에 바닥이 보이지 않을 정도로 빼곡하게 모여 있는 마물들의 무리가 들어왔다.

"크륵?"

무언가 강한 위화감을 느낀 중급 마물 하나가 본능적으로 뒷걸음질 쳤다.

유건의 팔이 휘둘러졌다. 대기가 진감했다.

그의 손에 들린 신창 롱기누스가 살아있는 것처럼 펄떡거렸다.

거대한 반월형의 검은 기운이 주변 일대를 휩쓸고 지나갔다.

그를 중심으로 반경 수백 미터 이내에 두발로 땅을 디디고 서있는 마물이 하나도 없었다.

하마터면 그 놀라운 힘의 역사에 휩쓸릴 뻔한 철환의 등줄기로 식은땀이 흘러내렸다.

그가 일수에 만들어낸 이 광경은 일반적인 인간이 낼 수 있는 힘의 범위를 훨씬 초월했다.

제 아무리 S등급을 부여받은 초인이라고 할지라도 이러한 광경을 만들어 낼 수는 없을 것 같았다.

이때를 시점으로 전투의 국면이 전환되었다.

하루나의 예상보다 한참은 더 빨랐다.

유건의 입고리가 살짝 올라갔다. 힘을 분출하고 난 뒤에야 비로소 확신할 수 있었다.

더 이상 힘에 휘둘리지 않을 것이라는 걸.

그런 유건의 변화를 그 누구보다 가까이에서 지켜본 하루나가 저 멀리서 미소를 지었다.

두 사람의 미소가 무척이나 닮아있었다.

'가세요! 유건!'

그녀의 격려를 뒤로하고 유건이 땅을 박찼다.

아직도 주변에는 그들을 적대시 하는 수많은 마물 군단이 버티고 서있었다.

유건의 진격을 시작으로 승부의 추가 급격하게 기울기 시작했다.

수비적인 자세를 취하고 있던 하루나와 성희 그리고 제임스가 자리를 벗어나 이동하기 시작했다.

볼코프가 은신을 풀고 모습을 드러낸 채 적들을 사냥하기 시작했다.

이 모든 일행들의 앞에는 놀라운 신위를 선보이며 마물들을 쓸어버리는 유건이 있었다.

압도적이라는 말이 이렇게 잘 어울리는 순간이 있

을까?

마치 양무리 속에 난입한 한 마리의 사자처럼 날뛰는 유건의 몸놀림에 따라 마물들이 무더기로 날아다녔다.

부서지다 못해 터져버린 놈들의 살점들이 공중으로 비산했다.

마치 황홀하게 타오르는 불빛을 향해 죽을 줄 알면서도 몸을 던지는 부나방들처럼 마물들은 일종의 광기에 휩싸인 채로 유건을 향해 달려들었다.

그렇게 달려드는 마물들은 유건의 옷자락 하나 건드리지 못한 채 공중에서 갈가리 찢겨져나갔다.

그나마 그 전에는 제법 버티고 맞섰던 중급 마물들도 채 몇합을 버티지 못했다.

휘두름이라는 단순한 수단을 통해 말 그대로 마물들을 소거하고 있었다. 작지만 모든 것을 집어삼키는 블랙홀 그 자체였다.

그렇게 한없이 모든 마물들을 집어 삼킬 것 같던 유건의 창대가 제법 고풍스러운 느낌을 풍기는 검에 가로막혔다.

유건의 창대에 실린 엄청난 힘을 버텨내지 못한 흑발의 사내가 뒤로 몸을 날렸다.

"웃차! 역시, 혼돈의 주인이라서 그런지 힘이 대단하군요."

인상을 쓰며 손목을 털어대는 사내를 심유한 눈으로 쳐다보고 있던 유건이 말했다.

"네가 그 마법진을 만든 녀석이구나. 그 마법진의 중추를 이루고 있던 크리스탈에서 풍기던 것과 비슷한 냄새가 나."

유건의 말에 능글맞게 굴던 사내가 멈칫거렸다. 그리고는 길게 자란 머리를 쓸어 넘기며 말했다.

"그런 것 까지 파악할 수 있는 줄은 몰랐는데 말이죠."

초승달처럼 부드럽게 휘어지며 웃는 상을 하고 있던 그의 눈이 가늘게 떠지며 그 안에서 순간 예리한 살기가 번뜩였다.

채앵!

눈에 보이지 않을 정도로 가느다란 암기가 유건의 창대에 튕겨져 나갔다. 어떻게 날려 보낸 건지 제대로 파악하기 힘들만큼 은밀한 손속이었다.

창대를 따라 흘러내리는 녹색빛을 띤 액체를 바라보며 유건이 말했다.

"독인가? 보기와 달리 치졸하군."

"뭐, 약자의 입장에서 이것저것 가릴 여유가 없는 법이죠. 살아서 돌아가려면 죽도록 발버둥 쳐봐야 하지 않겠습니까? 이래봬도 가늘고 길게 살자 주의거든요."

"그 생각도 오늘로서 끝이겠군."

창을 눕혀 그를 겨눈 채 하는 유건의 서늘한 말에 그의 목울대가 크게 출렁거렸다.

그의 예상을 훨씬 넘어서는 그의 활약에 결국 참지 못하고 뛰쳐나오기는 했지만 이렇게 직접 대면하고 보니 멀리서 가늠했었던 그의 강함은 그가 지닌 힘에 비하면 정작 아무것도 아니라는 것을 알 수 있었다.

'내가 미쳤지, 그냥 그길로 도망갈 것을….'

이곳은 그가 태초의 마녀 릴리스의 권능을 이용해 만들어낸 어둠의 영지였다. 그렇기에 그는 적어도 이곳에서 만큼은 신에 버금가는 능력을 발휘할 수 있었다.

그에게 가해지는 모든 물리적, 마법적 타격들은 공간 전체에 짙게 깔려있는 어둠의 기운들에게 고르게 분배되기 때문에 충분히 막아설 수 있으리라 여겼다.

그러나 막상 이렇게 눈앞에서 그 끝이 보이지 않는 혼돈의 기운을 접하고 보니 불길한 생각이 자꾸만 그의 뇌리를 장악했다.

마른 침을 삼킨 그가 손에 들고 있던 요도(妖刀) 무라사마를 비껴들고 정신을 집중했다.

공간 자체가 진동하며 그에게 기운을 불어넣기 시작했다. 전신에 충만하게 차오르는 어둠의 기운으로 인해 전신을 맴도는 짜릿한 희열이 느껴졌다.

그제야 유건의 막대한 기운에 억눌렸던 그의 기세가 정상을 회복했다.

모든 흑마법사들 중 유독 검술에 관심이 많아서 그 분야를 계속해서 깊이 파고들었던 흑마법계의 이단아 펠레스가 수백 년 동안 갈고 닦은 그만의 검술을 펼쳐냈다.

그의 검로를 따라 어둠의 기운이 뭉클거리며 따라붙었다.

끼야아아아아.

요도 무라사마에 달라붙어 있던 수많은 망령들이 귀곡성을 질러댔다. 일반적인 사람이라면 그 즉시 혼이 빠져나갈 정도였다.

신경을 거슬리는 귀곡성에 눈썹을 꿈틀거린 유건이

110

창을 내질렀다. 상대와의 가장 가까운 직선거리를 빛
살처럼 찔러가는 그의 손놀림은 군더더기 하나 찾아
보기 힘들 정도로 완벽했다.

눈으로 쫓기도 힘든 그의 창대를 비껴내는 펠레스
의 올려치기는 그의 오랜 인생가운데서도 손에 꼽힐
만큼 멋진 일격이었다.

대기를 가득 채우고 있는 어둠의 마나들로 인해 공
간을 가르는 유건의 몸짓을 미연에 알아차릴 수 없었
다면 아마도 그는 이번 일격으로 몸에 구멍이 난 채
절명했을 것이 분명했다.

그만큼 각성한 유건의 일격은 강렬했다.

비껴냈음에도 불구하고 검을 쥐고 있는 그의 손에
서 순간 모든 감각이 사라져버렸다.

만약 그가 들고 있던 검이 수백 년 전부터 요도로
이름 높았던 무라사마가 아니었다면 그대로 머리가
터져나갔을 터였다.

'어쩌면 진짜 여기서 뼈를 묻어야 할지도.'

조금이라도 뒤를 향한 여지를 남겨두었던 자신의
안일함을 질책한 펠레스가 수백 년간 비축해두었던
모든 힘을 일순간에 개방했다. 어둠의 영지를 구성하
고 있던 막대한 어둠의 기운이 그에게 호응했다.

스스로 각성을 이루어낸 뒤 혼돈의 기운을 비교적 자연스럽게 활용하게 된 유건과 비교해도 전혀 뒤지지 않을 만큼의 강력한 어둠이 끝이 보이지 않을 만큼 수직으로 치솟았다.

　　쿠아앙!

　　비슷하지만 다른 두 거대한 기운이 맞부딪혔다. 그 충격만으로도 주변에 존재하고 있던 각종 마물들이 일순간에 소멸했다.

•　⋆　•

　　한번 부딪힐 때마다 엄청난 굉음을 토해내며 사방으로 그 힘의 여파가 무질서하게 뻗어나가자 자연스럽게 그 두 사람의 주변이 공동화(空洞化)되었다.

　　창대를 휘둘러 펠레스의 옆구리를 후려갈기자 요도 무라사마를 거꾸로 세운 채 이를 막아냈다.

　　그러나 그 여력까지는 어쩔 수 없었는지 그의 몸이 붕 떠올라 한참을 뒤로 밀려갔다.

　　곧바로 따라 붙은 유건이 오른쪽 다리로 그의 허벅지를 내리 찍었다.

　　쇄애액!

마치 채찍처럼 유연하게 휘어지며 날아드는 그의 발을 향해 펠레스가 회심의 미소를 지으며 검을 가져다 댔다.

누가 봐도 다리가 잘려나갈 상황.

까앙!

펠레스의 입가에 떠올라있던 미소가 순식간에 사라졌다.

쇠끼리 부딪히는 것 같은 소리가 들려오는 것과 동시에 검을 들고 있는 손에 묵직한 충격이 전해졌다.

다시 한 번 뒤로 날아간 펠레스의 시선이 유건의 오른 다리를 쫓았다.

'뭐, 뭐야? 저건.'

검은 광택이 흐르는 유건의 발은 마치 두터운 갑주를 갖춰 입은 기사의 그것과도 같았다.

어지간한 쇠는 두부처럼 갈라버리는 자신의 애검이었건만 그의 다리에서는 긁힌 흔적 하나 찾아볼 수 없었다.

생각할 틈조차 주지 않겠다는 듯 곧바로 유건이 그를 향해 창을 날려보냈다.

"큭, 제기랄!"

어지간한 무인이라면 자신의 무기를 함부로 몸에서

떨어뜨리지 않는다. 그러다가 만약 빈손으로 상대를 마주하게 될 경우 원치 않는 패배를 당할 수 있기 때문이었다.

그러나 유건은 아무렇지도 않게 자신의 무기를 집어 던졌다.

날아드는 창대가 마치 살아있기라도 한 것 처럼 위아래로 꿈틀거렸다.

피해낼 수 없다 판단한 펠레스가 요도 무라사마를 휘둘러 이를 비껴냈다.

가가가각!

스쳐지나가는 신창 롱기누스의 창대와 요도 무라사마 사이에서 불꽃이 일었다.

"어디다 한눈을 파나?"

"헉!"

눈에 보이지 않을 정도로 날아든 창의 속도를 따라잡았단 말인가?

헛바람을 집어 삼키는 펠레스의 눈이 튀어나올 것처럼 부릅떠졌다.

"커헉!"

유건의 오른손이 그의 복부를 그대로 올려쳤다.

위로 올라가던 그의 몸이 공중에서 갑자기 덜컥 멈

쳐 섰다.

그의 다리를 잡아 챈 유건이 그대로 팔을 세차게 휘둘렀다.

그의 손짓을 따라 자연스럽게 한 바퀴 크게 돌아선 그의 몸이 단단한 지면과 그대로 부딪혔다.

콰아앙!

주변에 있는 땅들 까지도 함몰될 정도의 강한 충격이었다. 대기가 가늘게 진동했다.

무심한 눈으로 그런 그를 쳐다보고 있던 유건이 바닥에 반쯤 처박힌 채로 몸을 가늘게 떨고 있는 펠레스를 향해 발을 들어올렸다.

빠각!

무언가 어긋나는 소리와 함께 그의 허리가 기묘한 각도로 휘어졌다. 그것을 시작으로 유건이 그의 팔과 다리를 차례차례 짓밟았다.

"크허헉."

몸에 가해지는 대부분의 충격을 자신과 동화된 어둠의 영지가 흡수한다고 하더라도 그의 몸에 남은 충격의 잔재는 결코 작은 것이 아니었다.

자연스럽게 어긋난 뼈를 맞추며 수복을 시작한 펠레스의 몸을 내려다 보던 유건이 허리춤에서 검게 번들거리는 수리검 하나를 꺼내들었다.

흠칫.

그 순간 알 수 없는 한기를 느낀 펠레스가 아직 채 수복이 끝나지 않았음에도 불구하고 몸을 벌떡 일으켰다. 그리고 그 즉시 뒤로 몸을 날렸다.

서걱.

본능적인 그의 움직임은 무척이나 빨랐지만 그보다 떨어져 내리는 유건의 손놀림이 더 빨랐다.

저만치 달아난 펠레스와 달리 한때 그의 오른 팔이었을 무언가는 공중에서 두어 바퀴 맴돌다가 바닥으로 떨어져 내렸다.

더없이 깔끔하게 잘려나간 어깻죽지를 부여잡고 인상을 찌푸리고 있던 펠레스의 눈이 유건의 손에 들려 있는 검은 수리검에게 향했다.

그 수리검이 몸에 닿는 순간 어둠의 영지와 견고하게 이어져 있던 자신의 오른팔의 연결이 단숨에 끊어져 버렸다.

있을 수 없는 일이 일어났다. 그렇다면 그 이유가 되는 무언가가 반드시 존재할 터.

오랜 세월 흑마법사로서 살아가며 그를 숱한 위기 속에서 살아남을 수 있게 해주었던 그의 명석한 두뇌가 빠르게 돌아가기 시작했다.

'저 단검.'

직접 본적은 없었지만 들은 기억이 있었다. 마계의
금속, 아다만티움. 모든 어둠의 근원을 베어내고 어둠
그 자체를 끊임없이 먹어치운다는 저주받은 금속.

그렇기에 세월이 흐르면 흐를수록 더욱 더 단단해
지고 강력해진다는 그 아다만티움의 기운이 상대의
손에 들린 단검에서 느껴지고 있었다.

마왕 이외의 존재가 사용할 경우 단숨에 모든 마기
를 빼앗겨 죽음을 맞이하게 된다는 저 금속을 들고서
도 상대는 아무렇지도 않게 서있었다.

'그런 건가?'

그제야 자신이 상대하고자 했던 사내가 어떤 자인
지를 명확히 깨닫게 된 펠레스였다.

살아 돌아갈 수 있을 거라는 희망을 버렸다.

그러자 주변의 상황이 명료하게 파악되기 시작했
다.

한 사람 한 사람, 평범해 보이는 이들이 아무도 없
었다.

지금 이 순간에도 무수히 많은 마물들이 허무하게
사라져가고 있었다.

만약 이곳에 어둠의 영지가 아니었다면 진즉에 모두 전멸하고 말았다는 것을 깨달았다.

그 무엇보다 자신 앞에 오롯이 서서 심유한 눈으로 자신을 바라보고 있는 저자.

'그대안에 깃들어 있는 태초의 혼돈을 알아차리지 못한 내 무능한 눈을 탓해야겠지.'

팔이 잘려나갈 때 저 만치 날아가 처박힌 요도 무라사마가 그의 의지에 호응해 빠른 속도로 날아왔다.

남은 왼손으로 이를 받아든 그가 몇 차례 휘두르고 난 뒤 결연한 눈빛으로 유건을 바라보았다.

"이 일격으로 내 존재를 그대의 영혼에 똑똑히 새겨주겠소. 혼돈의 군주여."

그 순간 대기가 진감했다. 대기를 가득 채우고 있던 어둠의 기운이 그가 들고 있는 요도 무라사마를 향해 밀려들었다.

그 세찬 흐름에 대부분의 마물들이 몸을 제대로 가누지 못했다.

"이리로!"

하루나의 부름에 유건을 제외한 나머지 일행들이 한자리에 모였다. 성희가 분출하기 위해 모아두었던 힘을 사용해 그들 모두를 둘러싸는 견고한 보호막을 만들었다.

이제는 눈에 보일 정도로 유형화된 어둠의 기운들
이 엄청난 속도로 펠레스를 향해 몰려들었다.

대기에 폭넓게 분포하고 있던 기운뿐만 아니라 주
변을 가득 채우고 있던 마물들의 것들까지 모조리 빨
아들였다.

본능적으로 살기 위해 사방을 향하여 달아나던 마
물들이 가루가 되어 바스러졌다.

그렇게 한곳으로 몰려든 어둠의 기운이 마치 하늘
에서 드리워진 어둠의 장막처럼 넘실거렸다.

"하아~ 정말이지 끝내주는 군."

펠레스가 그 막대한 힘이 전해주는 희열에 가늘게
몸을 떨어가며 뜨거운 한숨을 내쉬었다.

이렇게 좋은 걸 왜 그동안 참아왔는지 의아할 정도
였다.

마음만 먹으면 뭐든지 할 수 있을 것 같았다. 그만
한 힘을 얻고 나자 비로소 자신 앞에서 여전히 오만한
표정을 지은 채 오롯이 서있는 사내가 지닌 혼돈의 실
체를 제대로 파악할 수 있었다.

제 아무리 반딧불이 밝다고 한들 한낮의 태양빛에
비할 수 있을까?

피식.

그의 얼굴에 맺힌 웃음은 명백한 실소였다.

"그대는 아직까지 자신이 어떤 존재인지를 모르고 있었구려. 크하하하하. 오히려 내가 나섬으로서 그대의 자각을 촉구하게 된 것이었군. 이 얼마나 아이러니한 일인가? 크하하하하."

그의 웃음소리를 따라 주변을 둘러싸고 있는 어둠의 장막이 출렁거렸다.

보고 있기만 해도 영혼이 빨려 들어갈 것 같은 마기의 일렁임에 하루나와 일행들의 얼굴이 일그러졌다.

성희의 얼굴을 타고 굵은 땀방울이 흘러내렸다. 일행들보다 더 직접적으로 그 힘을 느끼고 있는 그녀였기에 가해지는 부담감이 몇 배는 더 컸다.

멀리 떨어져 있는 그들이 느끼는 압박감이 이정도일진데 바로 코앞에서 그를 상대하고 있는 유건에게 전해지는 힘의 여파는 얼마나 클까?

성희는 그런 유건이 무척이나 걱정됐다.

'오빠….'

그런 그녀의 걱정이 무색하리 만큼 펠레스를 대면하고 있는 유건의 표정은 변화가 없었다.

"그것이 네가 지닌 진정한 힘이냐?"

그가 만들어낸 어둠의 장막에서 유건은 마치 생명체가 살아 숨 쉬는 것 같은 울림을 느낄 수 있었다.

어딘가 매우 친숙한, 그러면서도 한 없이 그리운 바로 그런 감정이었다.

무섭다거나, 혹은 두렵다거나 하는 감정은 그의 뇌리 속에 일체 존재하지 않았다.

그의 내부에 자리 잡고 있던 혼돈이 어둠의 장막에서 느껴지는 일련의 울림에 호응하며 서서히 눈을 뜨기 시작했다.

이 정도쯤 되면 아무리 사전 지식이 없는 유건이라 할지라도 그 존재를 모르고 지나갈 수 없었다.

자신의 내부에 무언가 알 수 없는 기운이 도사리고 있다는 것 정도는 알고 있었다.

그것이 소위 말하는 혼돈의 기운이라는 것도.

그러나 그렇게 말하는 것을 듣고 인지하는 것과 자신이 직접 느끼고 깨달아 인식하는 것의 차이는 무척이나 컸다.

자의로 인한 1차 각성, 거기에 더해 인세에서 더 이상 찾아보기 힘들 정도로 집약된 어둠의 집합체.

이 모든 것들이 시너지 효과를 일으키며 유건의 온전한 각성을 촉구하기 시작했다.

혼돈의 군주가 드디어 그 존재를 인식했다.

심연의 어둠으로부터 파생한 혼돈 그 자체이며 어둠을 다스리는 진정한 군주가 자신의 존재를 자각했다.

두웅.

강력한 울림이 펠레스를 넘어서, 일행들을 스쳐지나가며 저 멀리까지 퍼져나갔다.

울컥.

그 막대한 어둠을 마치 자신의 것인 양 주변에 두르고 있던 펠레스가 붉은 핏물을 토해냈다.

"꺄악!"

보호막을 지탱하고 있던 성희의 입에서 비명이 터져 나왔다.

보호막에 의해 보호받고 있던 일행들 모두 휘청거렸다. 그중에서 제대로 버티고 서있는 자는 철환이 유일했다.

"드디어 시작된 건가?"

철환의 혼잣말에 화답하기라도 하듯이 조금 전에 비해 배는 더 강한 울림이 사방으로 퍼져나갔다.

마치 처음 태어난 아이의 심장이 힘차게 박동하는 것과 같았다.

두둥!

"크허헉."

이제는 제대로 서있을 수조차 없을 만큼 강한 타격을 입은 펠레스가 믿을 수 없다는 눈으로 유건을 쳐다보았다.

그가 천천히 오른손을 앞으로 내뻗었다.

그러자 마치 기다렸다는 듯이 자신이 한곳으로 그러모은 어둠의 기운들이 그를 향해 나아갔다. 그리고 그의 손으로 빨려 들어갔다.

"아, 안 돼…."

극도의 충만함을 느끼고 있던 그는 자신의 내부가 텅 비어버린 것 같은 허망함을 경험해야만 했다.

유건이 그가 그러모은 모든 어둠의 기운을 단 한톨조차 남기지 않은 채 모조리 흡수해버렸다.

덜덜덜덜.

미친 듯이 떨려오는 양손을 내려다보고 있던 펠레스가 고개를 들었다. 처연한 눈을 들어 아쉽다는 얼굴로 입맛을 다시고 있는 혼돈의 군주를 쳐다보았다.

"리, 릴리스시여…."

서걱.

예리한 절삭음과 함께 그의 목이 잘려나갔다. 채 눈을 감지 못한 그의 머리가 바닥으로 떨어져 내렸다.

최후의 일격을 날림으로서 자신의 존재를 그의 영혼에 각인시키고자 했던 펠레스의 허무한 최후였다.

"흐음~"

온전한 자각, 존재의 각성.

변화한 자신의 몸과 내면을 천천히 살펴보고 있던 유건의 눈이 아무것도 없는 허공으로 향했다.

스팟!

그의 손이 가볍게 휘둘러지자마자 공간이 갈라지며 놀란 눈으로 자신을 바라보고 있는 한 여인의 모습이 드러났다.

"내 곧 그대를 만나러 가지. 태초의 마녀, 릴리스여."

이내 원래대로 돌아온 공간으로 인해 그녀의 모습 또한 사라졌다.

·   ᛭   ·

"허억, 헉헉헉, 헉헉…."

마도에 귀의한 이들중 극소수에게만 허락된 비전을

통해 공간을 격한 채 적들의 모습을 지켜보고 있던 태초의 마녀 릴리스가 자신만의 보좌에 기댄 채로 가쁜 숨을 몰아쉬고 있었다.

"대, 대체 그건 뭐지."

찰나지간 스쳐지나갔음에도 불구하고 아직도 그녀의 손을 가늘게 떨리고 있었다.

그 짧은 순간 그녀는 마치 자신의 존재 자체가 부인되는 것 같은 극도의 공포를 느꼈다.

그 무엇보다 더 그녀를 놀라게 했던 건 따로 있었다.

'나를 알아봤다?'

마치 처음부터 그녀를 알고 있었다는 것처럼 그는 자신을 바라보고 있었다.

"어둠의 군주라…."

한참 만에 평정을 회복한 태초의 마녀 릴리스가 그녀의 충직한 수하 펠레스가 한 말을 천천히 되뇌었다.

어둠의 세례를 통해 진정한 태초의 마녀로써의 능력을 갖추게 된 그녀는 펠레스에게 하사한 어둠의 영지쯤은 수백 개도 만들어낼 수 있을 만큼 위대한 흑마법사였다.

그가 보여준 신위정도는 자신도 얼마든지 할 수 있는 일이었다.

그러나 그녀의 뇌리 속에 자리 잡은 불안감은 쉬이 가시질 않았다.

그녀가 자리에서 일어났다.

자신의 휘하로 들어온 어둠의 족속들 중 가장 뛰어난 전사들을 불러 모았다.

머지않은 미래에 마주하게 될 그와의 싸움을 준비해야 했다. 지금정도로는 부족했다.

한동안 고요하기만 하던 그녀의 영지 전체가 들썩였다.

#16. 연합(聯合)

NEO MODERN FANTASY STORY

적응자

#16. 연합(聯合)

"오, 오빠?"

처음에는 조금 서툴렀지만 이내 곧 힘을 제대로 운
용할 수 있게된 유건이 흡수한 어둠의 기운을 내부로
잘 갈무리했다.

그런 그에게 다가온 일행들 중 성희가 한발 앞으로
나서며 조심스럽게 그를 불렀다.

"아? 성희야. 고생 많았네?"

평소 때와 같은 유건의 모습이다. 늘 순박해 보이
는 미소를 띤 채 자신을 바라보던 바로 그의 모습이
었다.

그제야 마음을 놓은 성희가 격정을 참지 못하고 그에게 달려가 안겼다.

"어, 어라? 야. 갑자기 왜 그래?"

살짝 붉어진 얼굴로 자신을 꽉 끌어안은 성희와 나머지 일행들을 번갈아 쳐다보는 유건을 향해 하루나가 말했다.

"그럴 때는 가만히 토닥여주는 게 남자가 할 일이예요."

"에? 그, 그게?"

멍하니 되묻던 유건이 어색하게 웃으며 여전히 떨어질 생각을 하지 않고 있는 성희의 머리를 조심스럽게 쓰다듬어 주었다.

한참 만에 떨어진 성희가 어색하게 웃으며 하루나의 곁으로 돌아갔다. 이어서 그를 향해 다가서려는 철환의 앞을 막아서며 베네피쿠스가 유건을 향해 무릎을 꿇었다.

"축하드립니다. 주인님."

"아, 뭐… 그래. 너도 수고 많았다."

난감한 얼굴로 대충 인사를 건넨 유건의 눈이 철환과 마주쳤다.

피식.

눈빛은 이전과 비할 수 없을 만큼 깊어졌지만 여전히 그가 알고 있던 유건이라는 사실을 깨달은 철환이 가볍게 웃으며 그에게 주먹을 내밀었다.

"수고했다. 이젠 제법 요원티가 나는구나?"

그에게 마주 주먹을 내밀어 살짝 부딪힌 유건이 키득대며 말했다.

"아직까지도 애송이소리를 듣고 있으면 대한남아가 아니죠."

"어라? 여기까지 와서 편 가르기에요? 그럼 저는 일본 여자니까 상대도 안하겠네요?"

"에? 그 무슨 섭섭한 말씀을 하십니까. 그럴 리가 있겠습니까? 하하하하."

무언가 복잡한 얼굴로 그에게 다가온 볼코프가 입을 열었다.

"어떻게 한거지?"

"응?"

"어떻게 자의로 각성을 한거지? 게다가 각성한 상태가 비교도 되지 않을 만큼 안정적이기까지 했어. 대체 어떻게 한거지?"

어딘지 모르게 무척이나 다급해 보이는 그의 얼굴을 지그시 쳐다보던 유건이 빙긋 웃으며 말했다.

"맨입으로?"

"에?"

뭔가 심각한 분위기가 흐르고 있던 두 사람 사이에 갑자기 찬바람이 불었다.

"그러니까 그 귀한 정보를 맨입으로 홀랑 집어 삼키려고 하는 거냐고?"

"끄응…."

앓는 소리를 내며 인상을 구기고 있던 그가 마지못해 입을 열었다.

"무얼 원하나?"

"뭐 친구 사이에 큰 걸 바라겠어? 뛰어난 라이칸슬로프를 수하를 거둔다거나 뭐 그 정도?"

"이익, 이 자식이!"

얼굴이 붉어진 채로 소리를 지르는 볼코프를 향해 유건이 대수롭지 않다는 듯 말했다.

"싫으면 말고, 뭐 나는 아쉬울 거 하나도 없으니까."

"으득… 나쁜 자식."

이를 소리 나게 갈아가며 씩씩거리는 볼코프를 뒤로하고 지친 기색이 역력한 제임스에게 다가간 유건이 그에게 손을 내밀었다.

무심코 그가 내민 손을 마주 잡은 제임스의 눈이 휘둥그레졌다.

"이, 이건?"

그의 손을 통하여 세계수가 전해주던 그것과 유사한 청명한 기운이 전해졌다.

겉보기와 달리 엄청난 에너지를 소진한 제임스의 온 몸 구석구석으로 퍼져나간 기운이 그의 몸을 다시 소생시켜나갔다.

"아까 기운을 흡수하고 남은 겁니다. 비싼 영양제 하나 맞았다고 생각하세요."

"그, 그래."

얼떨떨한 얼굴로 대답한 제임스에게서 시선을 돌린 유건이 한손에 들고 있던 일본도를 철환에게 던졌다.

"응? 이건?"

무심코 이를 받아든 철환이 놀란 얼굴로 유건을 바라보았다.

"전리품입니다. 저는 이게 있으니까요."

등 뒤로 비껴 맨 신창 롱기누스를 두드리며 한쪽 눈을 찡긋거리는 유건을 향해 철환이 가볍게 고개를 끄덕였다.

형님이 전해준 신검 풍신과 달리 무척이나 사나운 기운이 느껴지는 요도 무라사마를 천천히 살펴보던 철환의 입가에 저절로 미소가 맺혔다.

마치 주인이 마음에 들지 않는 다는 듯 몸을 떨어대는 녀석을 쥐고 가볍게 휘둘러본 철환이 만족스러운 얼굴로 검신을 조심스럽게 쓰다듬었다.

'이도류라….'

        ·   ▼   ·

어둠의 영지라는 희대의 흑마법을 이루고 있던 어둠의 마나가 모두 사라지자 이내 맑은 하늘이 모습을 드러내기 시작했다.

"응? 여기는?"

유건은 화면을 통해서나 보던 에펠탑을 눈앞에 두고 어리둥절한 얼굴로 주변을 둘러보았다.

"의외로 가까운 곳이었네요."

거의 모든 건물이 반파되다시피 한 채 버려져 있었다. 그 유명한 프랑스 파리의 랜드마크인 에펠탑도 한쪽으로 쓰러져 있었다.

"휘유~ 아주 초토화 되었구만."

유건의 도움으로 소진된 기력을 모두 회복한 제임스가 휘파람을 불어가며 말했다.

그 유명한 관광도시 파리의 옛 모습을 전혀 찾아볼 수 없을 만큼 처참한 모습이었다.

"그래도 주변을 뒤덮고 있던 어둠의 기운이 사라져서인지 하늘은 참 맑네요."

하루나의 말에 위를 올려다본 일행들은 구름한 점 없이 맑은 푸른 하늘을 바라보며 미소를 지었다.

그런 그들을 향해 일단의 군 병력이 먼지구름을 일으키며 다가왔다.

"응 저들은?"

눈이 좋은 볼코프가 그들의 마크를 확인 한 뒤 말했다.

"대 몬스터 위원회(CMC, Counter-Monster Committee) 산하에 있는 특수 부대(SF, Special Force)로군."

"응? 그들이 여긴 왜?"

유건의 물음에 볼코프가 어깨를 으쓱하는 걸로 대답을 대신했다.

잠시 후 일단의 병력들을 태운 트럭들이 그들 앞에 도착 했다. 그 뒤를 이어 특수 개조된 대 몬스터 전용

장갑차들이 줄을 지어 정차했다.

푸쉭~

바람 빠지는 소리와 함께 제일 앞에 정차한 장갑차 문이 열리며 한 사내가 모습을 드러냈다.

이번에 슈퍼솔져부대의 지휘관으로 발령받게 되면서 대위에서 소령으로 진급한 마틴이었다.

"후아~ 저 안은 왜 저렇게 답답하냐? 환기 시스템이 제대로 구축된거 맞아?"

그의 뒤를 따라 내린 그의 경호원이자 보좌관인 캐빈이 툴툴거리는 그를 향해 말했다.

"그렇게 에어컨을 빵빵하게 틀어놓고 오셨으면서 불평하면 되겠습니까? 마틴 소.령.님"

"아~ 맞다. 나 소령으로 진급했지? 이제 와서 그거 무르자고 그러면 혼나겠지?"

"죽으려면 혼자 죽으십시오. 저는 가늘고 길게 살고 싶으니까요."

"쳇, 무정한 녀석. 저런 걸 내가 친구라고."

"저는 친구가 아니라 경호원입니다만?"

"그래, 너 잘났다. 네놈 거시기는 킹 코브라다."

"그런 저질스러운 발언은 군법회의감입니다. 부디 지휘관으로서 부끄럽지 않게 행동하시길 바랍니다."

"윽, 얄미운 녀석."

그렇게 티격태격 하며 유건일행을 향해 다가온 마틴이 제법 절도있게 경례를 하며 인사를 건넸다.

"안녕하십니까 여러분, 저는 대 몬스터 위원회 산하에 있는 특수 부대를 이끌고 있는 마틴 소령이라고 합니다. 이렇게 만나 뵙게 돼서 반갑습니다."

마틴과 캐빈이 그들에게 다가오는 동안 그들의 뒤에 일사분란하게 도열한 병사들이 일제히 거수경례를 올렸다.

자연스럽게 앞으로 나선 철환이 그에게 손을 내밀었다.

"가드 대한민국 지부 소속 김철환요원입니다. 반갑습니다."

"그 명성은 익히 들어 알고 있습니다. 마틴입니다. 뒤에 있는 분들도 그럼?"

"네, 같은 가드 요원들입니다. 소속은 다르지만…."

유건 일행과 일일이 악수를 하며 공손히 인사를 건네는 마틴의 모습은 그간 경험해왔던 다른 군 장교들과 많이 달랐다.

실제로 어느 정도 사람의 내부를 엿볼 수 있는 수준에 다다른 일행들은 그의 사심이 전혀 느껴지지 않는 친근한 행동에 자연스럽게 호감을 가지게 되었다.

　유건과 인사를 나눈 뒤 그의 곁에 시립해 있던 베네피쿠스와 마주친 마틴이 움찔거리며 한발 뒤로 물러섰다.

　"어, 어라? 내가 왜 이러지? 이거 죄송합니다. 제가 초면에 실수를 했군요."

　"생각보다 감이 좋은 인간이군. 괜찮다."

　베네피쿠스의 말에 어색하게 웃으며 뒤로 돌아선 마틴은 속으로 생각했다.

　'인간이라고? 그럼 자기는 인간이 아니라는 건가?'

　고개를 갸웃거리는 그에게 바짝 붙은 캐빈이 귓속말을 건넸다.

　"그는 뱀파이어입니다. 얼핏 봐도 제대로 된 귀족 같네요. 이렇게 환한 대낮에도 아무렇지 않게 활보하는 걸 보니."

　그의 말에 마틴이 뜨악한 얼굴로 그를 바라보았다.

　"뱀파이어? 그 피를 마시고 미인을 유혹한다는?"

　마틴의 말에 캐빈이 나직이 한숨을 내쉬며 말했다.

　"그런 순진한 소리 좀 하지 마세요. 저희 가문과 그들 가문과의 유대관계가 얼마나 오래됐는데요."

　그의 말에 마틴의 눈이 두 배는 커졌다.

적응자 4

"뭐야? 설마 진짜 모르고 있었던 거예요? 에휴~ 보나마나 가문의 역사를 다룬 책을 대충 읽은 거겠죠."

"그, 그건… 그때는 너무 바빠서 정신이 없었다고."

"여자 만나러 밤에 몰래 나갈 시간은 있고요?"

"윽, 무서운 녀석."

졌다는 듯 두 손을 번쩍 들어 항복을 표시한 마틴이 뒤에 도열하고 있던 병사들에게 간단한 지시를 내린 뒤 다시 일행들을 향해 돌아왔다.

"프랑스를 기점으로 해서 전 유럽으로 확장되어가던 기형 몬스터들의 숫자가 어느 순간을 기점으로 갑자기 줄어들기 시작했습니다. 보아하니 가드 요원분들의 활약 덕분인 것 같군요."

"그 때가 정확히 언제쯤이죠?"

"흐음, 어디보자 캐빈 그 보고가 올라왔을 때가 언제였지?"

마틴의 물음에 캐빈이 조금도 지체하지 않고 대답했다.

"17일 전입니다."

그의 대답을 들은 마틴이 어깨를 으쓱거리며 말했다.

"그렇다네요."

"역시⋯."

그의 말에 하루나는 자신들이 어둠의 영지로 강제 소환당한 후로 17일이라는 시간이 흘렀다는 것을 깨달았다.

그런류의 공간 마법들은 흔히 시공간의 왜곡을 일으키는 것이 일반적이었다.

그것까지 완벽하게 통제할 정도의 마력을 지닌 이라면 그렇게 쉽게 당하지는 않았겠지만.

성희와 시답지 않은 농담을 주고받고 있는 유건을 슬쩍 쳐다본 하루나가 피식 웃었다.

'쉬운 건 아니었지, 그저 놈들이 만난 상대가 나빴을 뿐.'

개화한 자신의 이능을 통해 유건이 자각한 힘이 어느 정도였는지를 비교적 상세하게 파악할 수 있었던 하루나였다.

지금은 저렇게 평소처럼 행동하고 있긴 했지만 그때를 기점으로 유건 그는 분명 확연하게 그 기질이 달라졌다.

그녀의 시선이 그의 곁에 서있는 베네피쿠스에게 향했다.

'아마도 그는 이를 먼저 알아본 거였을 테지.'

그제야 그 자존심 높기로 유명한 진혈 뱀파이어가 그렇게 쉽게 유건에게 피의 맹약을 맺었는지를 이해할 수 있었다.

피의 맹약은 알려진 바와 같이 일방적인 종속 계약이 아니었다. 정확히 말하자면 상호 교환적인 계약이었다.

서로가 서로에게 직간접적으로 영향을 주고받는 바로 그런 종류의 계약이었다.

저렇게 엄청난 힘을 각성한 유건과 피의 맹약으로 맺어진 베네피쿠스는 아마 모르긴 몰라도 전과 비교할 수 없을 만큼 강한 힘을 손에 넣을 수 있었을 것이다.

한 번에 여러 가지 일을 처리할 수 있는 하루나는 한편으로는 그런 생각을 하며 동시에 마틴에게 물었다.

"그런데 대 몬스터 위원회 산하에 있는 특수 부대가 여기는 무슨 일이죠? 게다가 일반적인 군인들과는 많이 다른 것 같은데…"

움찔.

하루나의 말에 내심 탄성을 내지른 마틴이 어색하

게 웃으며 순순히 실토했다. 어차피 감춘다고 해서 될 일도 아니고 오랫동안 감출만 한 성질의 것도 아니었으니까.

"아하하하, 그게 말이죠. 저들은 이번에 슈퍼 솔져 프로젝트에 자원한 이들로 구성된 부대입니다."

"슈퍼 솔져?"

그의 말에 유건이 고개를 갸웃 거리며 중얼거렸다.

분명 어디선가 들었던 것 같은데 잘 떠오르지 않았기 때문이었다.

그런 그의 귓가에 철환의 목소리가 들려왔다.

"네 피를 뽑아가려고 혈안이 되어 있던 사람들 말이다."

"아하!"

자기들끼리 하는 말인 것 같았지만 바로 앞에 있는 마틴이 그 말을 듣지 못했을 리가 없었다.

여전히 어색한 웃음을 흘려가며 고개를 돌린 마틴이 유건을 바라보며 말했다.

"혹시 저 분이 트롤의 피에 의해 각성한 당대 적응자이신가요?"

"그런 건 직접 물어보시는 게 예의 아니던가요?"

빙긋 웃으며 말하는 하루나의 뼈있는 말에 찔끔한

적응자 4

마틴이 유건을 향해 다가갔다.

"아까 인사를 하면서도 몰라봐서 죄송합니다. 당대 적응자시라고요."

"네, 그쪽이 제 혈액 샘플을 얻기 위해 갖은 방법을 다 동원했다는 시설에 속한 분이신가 보죠?"

"아하하하, 뭐 부인하지는 않겠습니다. 결국 얻어낸 혈액 샘플로 원하는 결과를 만들어냈으니까요."

'그래서였나?'

그제야 자신 앞에 나타난 군인들에게서 느껴지던 묘한 친숙함이 이해가 된 유건이었다.

"그런데 여기는 무슨 일로 오신 거죠?"

"아, 제일 중요한 용건을 말씀 안 드렸군요. 급하게 출발하다보니 정신을 놓고 왔나 봅니다. 하하하하."

혼자 한참을 웃던 그가 호흡을 가다듬고 정중한 어투로 말을 이었다.

"저희가 이곳에 온 이유는 가드 마스터께서 하신 협조 요청에 응하기 위해서입니다."

· ⋎ ·

일행이 갑자기 많아졌다.

마틴의 지시에 따라 일사분란하게 움직이는 군인들은 어느새 반쯤 무너진 쇼핑센터를 제법 괜찮은 진지로 만들어 놓았다.

아직 얼굴에 솜털이 채 가시지 않은 어린 병사로부터 제법 나이든 티가 나는 병사들까지 피부색이 다른 여러 종류의 사람들로 구성되어 있었다.

이 특수한 조합으로 이루어진 부대의 위력은 갑자기 쳐들어온 강화 고블린 부대를 가볍게 퇴치하는 것으로 충분히 증명됐다.

개인 화기뿐만 아니라 등에 매어놓은 대검을 능숙하게 사용하여 녀석들을 상대하는 개개인의 무력은 어지간한 가드 요원들 못지않았다.

게다가 한결 여유 있는 표정을 보아하니 전력을 다할 때의 실력이 어느 정도나 될지 기대 될 정도였다.

'저런 이들이 백 명이라…'

그들을 지휘하고 있는 마틴을 흘깃 쳐다본 하루나가 생각을 이어나갔다.

'그렇게 꽉 막힌 사람은 아닌 것 같아서 다행이긴 한데… 내 말대로 움직여 줄지가 문제로군.'

뜻대로 움직이지 않는 말은 장수에게 있어서 없느니만 못했다.

은연중에 그들 일행의 작전 지휘권을 부여 받았던 그녀였기에 이들 부대가 과연 유기적인 움직임을 보여주며 잘 어울릴 수 있을지 걱정됐다.

그녀의 시선이 제임스와 농담을 주고받으며 웃고 있는 마틴에게 고정됐다.

'그런데 어디서 본 것 같단 말이지… 서, 설마! 그 라인하르트 가문의?'

고민하던 그녀의 의지가 닿자 이내 이능이 활성화되며 기억의 조각들을 찾아 조립해 나가기 시작했다.

얼마 지나지 않아 언젠가 타임지에 우연찮게 실려 있던 라인하르트 일가의 사진 맨 끝에 어색하게 웃으며 서있던 한 청년의 모습을 떠올릴 수 있었다.

'그 가문의 적자가 어째서 이런 곳에?'

라인하르트 가문은 세간에 어지간히 이름이 알려져 있는 유수의 가문과 비교조차 할 수 없을 만큼 막대한 영향력을 지닌 가문이었다.

그들이 반딧불이라면 라인하르트 가문은 저 하늘 위에서 찬란하게 빛나는 태양이랄까?

하루나 또한 대한민국 가드 지부를 총괄하는 지부장의 비서역할을 하며 우연한 기회에 그 정보의 한 자락을 얻어들을 수 있을 뿐이었다.

그녀가 떠올린 사진도 그리 중요하지 않은 기사들에 올라와 있는 그저 그런 작은 사진들 중 하나일 뿐이었다.

그만큼 베일에 가려져 있는 거대 가문의 적자가 가장 위험한 현장에 나와있다는 사실에 그녀는 적잖은 충격을 받아야 했다.

제 아무리 노블리스 오블리주(noblesse oblige)를 외치는 사회라고는 하지만 그 말대로 책임 있는 행동을 보여주는 이들이 얼마나 되겠는가?

'도박인 건가?'

만약 그렇다면 이건 지독하리만큼 승률이 적은 곳에 던지는 배팅이었다.

'반대로 성공한다면 이것보다 확실한 투자처는 없겠지.'

라인하르트 가문의 적자가 솔선수범하여 전 인류의 운명을 결정짓는 싸움에 뛰어들었다. 그리고 승리하여 돌아왔다.

이보다 더 훌륭한 명분이 있을까?

만약 그가 속한 가문의 힘이라면 그는 아마도 최강대국인 미국의 사상 최연소 대통령으로 당선 될 수도 있을 터였다.

'그들이 그리는 그림은 그 정도가 아니겠지.'

더 나아가 세계 통합 정부의 수장자리를 노리고 있을 지도 몰랐다.

그것이 불가능한 일이라고 치부할 수도 없는 것이 이미 유럽 전역은 제2차 세계대전 이후 보다 더 처참한 상태에 처해 있었다.

이는 미국과 러시아를 제외한 대부분의 강대국들이 그 힘을 상실했다는 것을 의미했다.

신흥 강국으로 부상했던 중국은 스스로 판도라의 상자를 열어버림으로서 영원히 재기할 수 없는 위치에 처해버리고 말았다.

신흥 마도 강국인 신대한민국이 있긴 했지만 몬스터가 모두 사라지고 난 이후의 이능력자들은 그저 히어로물에나 등장하는 골치 덩어리 신세로 전락할 것이 분명할 테니까.

그녀가 자신의 이능을 통해 자연스럽게 유추해 나가고 있는 이 모든 것들은 놀랍게도 라인하르트 가문이 오랜 세월 공을 들여 수립한 마틴을 통해 이루고자 하는 계획과 거의 대부분이 일치했다.

이를 위한 작업을 그들은 벌써 수십 년 전부터 서서히 해나가고 있는 중이었다.

정작 당사자인 마틴은 거기까지 생각을 하고 있지는 못했지만 가문의 수장인 아버지가 자신에게 거는 기대가 무척이나 크다는 것쯤은 충분히 인식하고 있었다.

자신을 향한 하루나의 시선을 처음부터 알아차리고 있었던 그는 모르는 척 시치미를 떼고 제임스와 농담을 주고받았다.

"하하하하, 아니 그래서 그 유명하신 제임스 요원님께서 최전선인 이곳에서 고생을 하고 계셨군요."

"그러니까 내 말이! 원래대로라면 지중해에서 편하게 휴가를 즐기고 있었을 텐데."

"이번 일이 잘 끝나면 원없이 쉴 수 있도록 제가 돕겠습니다. 저희 가문에서 운영하는 괜찮은 호텔이 하나 있거든요. 회원제로만 운영하는 곳이라 가고 싶다고 아무나 갈 수 있는 곳이 아니거든요."

"오오? 그래요?"

눈이 왕방울만 해진 제임스가 마틴의 손을 덥석 잡고서 호탕하게 웃어댔다.

"우리, 앞으로 잘 지내봅시다. 푸하하하하."

"저야말로 잘 부탁드립니다. 부끄럽지만 가늘고 길게 사는 게 제 생활신조거든요. 하하하하."

"뭐요? 하하하하, 그래요. 꼭 살아 돌아가야지. 암, 그렇고말고."

어느새 의기투합한 두 사람이 사이좋게 어깨동무를 하고는 건물 안으로 들어갔다.

그런 두 사람의 모습을 지켜보고 있던 하루나는 조금 전 제임스가 한 말을 기억하며 실소를 터트렸다.

'저 녀석, 아무래도 뭔가 꿍꿍이가 있는 것 같아. 응? 어떻게 아냐고? 나랑 같은 냄새가 나거든.'

서로 각기 다른 생각을 품은 두 사람이 죽이 맞아 도착한 곳은 쇼핑센터 내에 위치한 주류 판매점이었다.

"휘유~ 먹고 죽을 정도로 많구만."

"그러게 말입니다. 취향이?"

술이 진열된 곳으로 다가간 마틴이 뒤돌아보며 물었다.

"나는 위스키."

"저랑 취향이 비슷하시군요."

위스키 두 병을 손에 들고 돌아온 마틴이 아무렇게나 바닥에 주저앉아 병마개를 따고는 단숨에 들이켰다.

"후아~ 이제야 좀 살 것 같군요."

마찬가지로 뚜껑을 따고 한참을 들이킨 제임스가 뜨거운 한숨을 내쉬며 말했다.

"그러게, 이제야 칼칼했던 목구멍이 좀 뚫리는 것 같네."

마주보고 가볍게 웃은 두 사람이 병을 살짝 부딪치고는 단숨에 바닥이 보일 정도로 들이켰다.

다 마신 병을 구석으로 아무렇게나 집어 던진 제임스가 다른 병을 들고 돌아왔다.

왼손에 들고 있던 걸 그를 향해 던지자 마틴이 이를 받아 들고는 호쾌하게 들이킨다.

그렇게 말도 없이 세 병을 해치운 두 사람의 얼굴에 취기가 슬슬 올라오기 시작했다.

네 번째 병을 가져와 마틴에게 건네주며 바닥에 주저앉은 제임스가 마틴을 향해 천연덕스럽게 말을 건넸다.

"그래, 진짜 목적이 뭐지?"

"아하하하, 그렇게 갑자기 본론을 꺼내 드시는 겁니까?"

방심한 틈을 타 정곡을 찌른 제임스도 제임스지만 이를 아무렇지도 않게 받아 넘긴 마틴도 확실히 보통

내기는 아니었다.

아무런 대꾸도 없이 술을 들이키며 자신을 쳐다보고 있는 제임스의 모습을 바라보며 쓰게 웃은 마틴이 남은 술을 모조리 털어 넣은 뒤 입을 열었다.

"후아~ 뭐, 결론부터 말하자면 자의 반 타의 반 정도 됩니다."

"응?"

그의 아리송한 말에 제임스가 눈을 크게 뜨며 반응했다.

"하하하하, 아버지가 등 떠밀기는 했지만 실행에 옮긴 건 저였으니까요. 사실 사는 게 재미없었거든요. 하하하하."

묵묵히 그의 다음 말을 기다리는 제임스를 흘깃 쳐다본 마틴이 웃음을 멈추고는 말을 이었다.

"저희 아버지는 보기 드문 야심을 가진 분이십니다. 그리고 그 야심을 이룰 수 있는 능력 또한 갖추신 분이죠. 그분의 기대에 부응하기 위해 어릴 때부터 정말 죽을 각오로 노력했습니다. 뭐~ 그랬더니 죽지는 않고 실력이 늘더군요. 뭘 하든지 최고의 조건이 주어졌습니다. 필요한건 저의 의지뿐이었죠."

"숨 막혔겠군."

제임스의 말에 마틴이 손바닥을 부딪치며 즐거워했다.

"크하하하하, 정말이지 정확한 한 줄 요약입니다. 푸하하하하."

머쓱해진 제임스가 남은 술을 비우고 또 다른 병을 찾아 일어설 때 즈음 그가 말을 이었다.

"아마 몬스터가 나타나지 않았다면 지금쯤 괜찮은 회사를 맡아 경영수업을 받고 있었겠죠. 하지만 놈들이 나타나는 바람에 온 세상이 뒤죽박죽되어 버렸지 뭡니까? 덕분에 지금까지 살아왔던 제 인생도 제값을 받지 못하는 상황이 되어버렸고요."

"그래서 수퍼 솔져 프로젝트에 자원한건가?"

제임스의 말에 마틴의 눈빛이 깊이 가라앉았다.

"그걸 어떻게 알고 계신 거죠? 몇 사람 외에는 알고 있는 이가 없을 텐데?"

그의 말에 제임스가 별거 아니라는 듯 가볍게 술병을 입으로 가져가며 말했다.

"그 몇 사람들 중 한 사람에게서 들은 거니까."

"흐음~"

포기 했는지 가볍게 한숨을 내쉰 그가 말을 이었다.

"뭐 지금 상황에서 그게 중요한 건 아니죠. 아무튼,

그래서 자원했습니다. 뭔가 돌파구가 필요했거든요. 저나 아버지나 모두… 각기 원하는 건 달랐지만 말이 죠. 그때가 처음으로 아버지에게 칭찬을 받았던 순간 이었죠. 쿠쿠쿡, 신중하기로 유명한 우리 형님은 아버 지의 제안을 단칼에 거절했거든요. 그런 도박에 응할 수는 없다면서 말이죠."

"그 형님이 내가 알고 있는 그 사람이 맞는다면 아 마도 자네 풀 네임은 마틴 라인하르트 이겠군."

"빙고~!"

술병을 바닥에 여러 번 내리치며 축하 세레머니를 한 그가 말을 이었다.

"그 소식통이 누군지 모르겠지만 꽤나 유능한 사람 이로군요."

그의 말에 제임스가 묘한 표정을 지었다.

'스승님은 유능한 정도로 설명할 수 없는 분이시 지.'

가볍게 고개를 흔들어 상념을 털어낸 제임스가 일 어서며 그에게 손을 내밀었다.

"과정이 어찌되었든지 간에 그 극악의 확률을 뚫고 살아남은 걸 축하하네."

"뭐, 어느 정도 보험을 들어놓긴 했었지만, 그래도

확률이 극악이긴 했죠. 크크큭, 감사합니다. 앞으로
잘 부탁드립니다."

그의 손을 마주잡고 위아래로 가볍게 흔드는 마틴
의 눈을 마주보던 제임스가 그를 만난 이후 처음으로
진심어린 미소를 지어보였다.

"나도 잘 부탁하네."

．　⁛　．

유건이 차원 건너편에서 가지고온 드래곤 로드의
마법 덕분에 이곳으로 유입되던 중간계의 마나가 끊
기고 나자 급속도로 강해지던 몬스터들의 기세가 한
풀 꺾였다.

게다가 유럽에서 가장 강력한 몬스터 부대를 유건
일행이 처리하면서부터 대대적인 반격의 서막이 올랐
다.

그 전초 부대 격으로 급파된 마틴 휘하의 장병들
은 대 몬스터 위원회의 명예를 걸고 멋진 활약을 보
여주며 몬스터들의 본거지를 하나둘씩 소거해 나갔
다.

일반적인 군대들로는 도저히 상대할 수 없는 몬스

터군단들이 하나 둘 씩 제거되면서 피난을 떠났던 사람들이 다국적 연합군의 인도 하에 차례차례 고국으로 귀환하기 시작했다.

투확!

거대한 소용돌이가 어지간한 사람 키만한 배틀 액스를 휘두르며 저항하고 있던 오크 워리어를 향해 날아갔다.

당연히 막아낼 수 있으리라 여겼던 녀석은 그 소용돌이 안에서 꿈틀대는 혼돈의 물결에 휩쓸린 채 갈가리 찢겨나갔다.

"휴우~ 저 녀석이 마지막이었죠?"

대부분의 지휘관급의 몬스터들을 도맡아 처리한 유건이 가볍게 숨을 내쉬며 물었다.

하루나가 그런 그를 향해 생수병을 내밀며 말했다.

"여기에 모여 있던 게 이 근방에서는 마지막으로 남은 몬스터 군단이었으니까 나머지는 곧 도착할 가드 소속 요원들과 다국적연합군이 힘을 모으면 충분히 소탕 가능할거야."

"그렇다면?"

되묻는 유건의 얼굴을 바라보며 하루나가 대답했다.

"가야지, 이번 일을 마무리 지으러."

       . ⚬ .

　프랑스를 향하여 빠른 속도로 이동하던 강지환과 장 루이는 군데 군데 모여 있는 몬스터 군락을 발견할 때마다 이를 초토화시켜버렸다.

　그들의 활약으로 인해 대규모 군락을 이루고 있던 주요한 몬스터들의 거점이 하루아침에 사라져 버렸다.

　유럽 전역의 몬스터들을 상대하기 위해 고심하던 대 몬스터 위원회의 간부들과 가드의 책임자들은 한참동안 이해할 수 없는 현상에 대해 오랜 회의를 진행해야 했다.

　추후에 들어온 강지환의 보고에 의해 그 원인을 파악한 뒤에야 비로소 마음 놓고 다음 단계를 진행할 수 있었다.

　어지간한 자동차 보다 더 빨리 달려가던 장 루이가 얼음덩어리 위에 발을 디디고 반쯤 날듯이 이동하고 있던 강지환을 향해 고개를 갸웃거리며 물었다.

　"근데 녀석들이 조금 약해진 것 같지 않았나?"

그의 말에 강지환이 뭔가 골똘히 생각하는 것 같더니 입을 열었다.

"그렇군요. 최근 들어 급격하게 강해지던 녀석들이 조금 약해진 것 같다는 생각이 드네요."

그의 뇌리에 얼마 전 느껴졌던 강력한 마력의 파장이 떠올랐다.

'그때 그 기운 때문인가?'

대체 얼마나 강력한 마력을 지녀야 그런 기운을 사방으로 퍼트릴 수 있을지 지환으로서는 감히 상상조차 할 수 없었다.

그만큼이나 까마득한 경지에 다다른 존재가 있을지도 모른 다는 생각에 막연한 두려움이 밀려왔다.

가볍게 고개를 흔들어 상념을 털어낸 강지환이 한 걸음에 수십 미터를 쭉쭉 나가는 장 루이의 무지막지한 다리 힘에 내심 감탄하며 말했다.

"뭐, 이유야 어찌 되었건 저희 입장에서는 좋은 일이죠."

"하긴···."

"내일쯤이면 프랑스에 도착할 수 있겠군요."

"네가 말한 그들이 정말 더 블랙 그 자에게 대항할 만한 힘을 지니고 있을까?"

"지금 당장은 힘들어도 조금 더 시간이 지나면 적어도 승부를 걸어볼 정도까지는 성장할 겁니다."

그의 말에 장 루이의 눈썹이 꿈틀거렸다.

"그게 무슨 말이지?"

뭔가 마음에 안 든다는 티가 역력한 그의 얼굴을 바라보며 강지환이 피식 웃음을 터트렸다.

"가서 직접 보시면 제가 무슨 말을 하는지 아시게 될 겁니다."

그의 말에 다시금 정면을 바라본 장 루이가 강하게 땅을 박차며 빠르게 전면을 향해 뻗어나갔다.

그의 뒤에서 그 모습을 바라보고 있던 강지환이 중얼거렸다.

"어지간히 궁금하셨나보네. 성질도 급하셔라…."

뒤처진 그가 앞서간 장 루이를 따라 빠르게 이동했다.

· ❖ ·

대부분의 몬스터들을 퇴치한 유건 일행은 마지막으로 태초의 마녀 릴리스가 둥지를 트고 있는 북아일랜드의 벨파스트로 향했다.

르네상스 양식으로 지어진 시청사(市廳舍)가 바로 그녀가 자리 잡은 마궁으로 향하는 입구였다.

간발의 차이로 유건 일행을 놓친 강지환과 장 루이는 급히 그들을 따라 나섰다.

바다를 얼려 길을 만드는 강지환 덕분에 두 사람은 빠른 속도로 아일랜드를 향해 나아갈 수 있었다.

북아일랜드를 향해 날아가는 거대한 군용 비행기 안에서 가만히 눈을 감고 생각에 잠겨 있던 유건이 저 밑에서 빠른 속도로 이동하고 있는 두 개의 기운을 감지해냈다.

'뭐지?'

거리상으로는 한참 먼 곳이긴 했지만 꽤나 빠른 속도로 이동하고 있었기에 계속해서 그의 신경을 건드리고 있었다.

딱히 어둠의 기운이 느껴지지 않았기에 큰 걱정이 되지는 않았지만 그래도 예상치 못한 변수는 그들의 다음 전투에 있어서 최대한 배제되어야 했다.

결심을 굳힌 그가 자리에서 일어났다.

한쪽 구석에 자리를 잡고 앉아있는 하루나와 철환을 향해 다가갔다.

"저, 저는 아무래도 따로 좀 움직여야겠습니다."

"응? 유건군? 그게 무슨 말이에요?"

"뭔가 문제라도 있는 건가?"

뒷머리를 긁적이며 설명할 말을 찾고 있는 유건의 모습에 피식 웃음을 터트린 철환이 말을 이었다.

"가봐, 어차피 일행들 중에 널 못 가게 막을 수 있는 사람도 없으니까."

"에? 그런 의미가 아니라 저는….."

"나도 그런 의미로 한 말이 아니니까 걱정 말고 소신 있게 행동해라. 네가 그렇게 말한 데에는 그럴만한 이유가 있을 테니까. 나는 너를 믿는다."

그의 말이 유건의 가슴을 때렸다.

가슴 속 저 깊은 곳으로부터 뜨거운 무언가가 치밀어 오르는 기분이었다.

그의 곁에 앉아있던 하루나가 빙긋 웃으며 말했다.

"저도 그래요. 유건군. 유건군은 우리 팀의 에이스니까. 에이스는 팀의 무조건적인 지지를 받는 사람이잖아요? 그러니 마음 편하게 다녀오세요."

"아? 가, 감사합니다."

자신이 예상했던 것과 전혀 다른 두 사람의 반응에 어리둥절해진 유건이 잠들어 있는 다른 일행들을 조심스럽게 지나쳐 성희에게 향했다.

"자니?"

"응?"

조심스럽게 묻는 유건의 말에 얕은 잠에 빠져 있던 성희가 곧바로 눈을 떴다.

"오빠? 왜? 무슨 일 있어?"

"아니, 무슨 일은… 그것보다 나는 좀 어딜 다녀와야 될 것 같아서. 미리 말해주고 가려고 깨웠다. 곤히 자는 것 같던데 미안하네?"

"간다고? 어딜? 여긴 비행기 안인데?"

"후훗, 너는 아직도 예전에 붙들려있구나?"

그녀의 머리를 가볍게 쓰다듬은 유건이 한쪽에 마련되어 있는 비상 출구로 향했다.

그가 한 말의 의미를 깨달은 성희가 얼굴을 붉힌 채 그를 불렀다.

"오빠?"

뒤를 돌아본 유건을 향해 그녀가 조용히 말했다. 입 모양으로도 충분히 그 내용을 알 수 있을 만큼 천천히.

"조심히 다녀와. 기다릴게."

가볍게 손을 흔들어준 유건이 이중 격벽으로 처리되어 있는 비상 출구로 들어갔다.

격벽 안으로 들어가자 뒤쪽에 있는 문이 굳게 닫히며 바람 빠지는 소리가 들렸다.

거대한 레버를 조작해 바깥문을 열자 이내 눈을 뜰 수 없을 만큼 강한 바람이 안으로 불어 닥쳤다.

크게 심호흡을 한 유건이 밖으로 크게 한걸음 내디뎠다.

밖으로 튕겨져 나간 유건은 곧바로 수직 낙하를 시작했다. 어느새 그의 온 몸을 휘감은 어둠의 기운이 넓게 퍼져있었다. 이 어둠의 장막이 이내 작게 펄럭거리며 그의 의지대로 움직였다.

고도 10km, 시속 900km 이상으로 날아가는 비행기에서 떨어져 내린 사람이라고는 믿을 수 없을 만큼 여유로운 표정으로 서서히 낙하하는 유건의 눈이 한쪽 방향을 향했다.

그들도 자신의 존재를 인지했다는 것을 곧바로 느낄 수 있었다. 넓게 퍼져있던 어둠의 날개를 접었다.

그가 빠르게 낙하하기 시작했다.

마치 검은 유성이 바다로 떨어져 내리는 것 같았다.

비행기에서 떨어져 나온 유건이 어둠의 날개를 꺼내든 순간 바다를 가로지르고 있던 두 사람이 동시에 그의 존재를 인식했다.

"응? 뭐지 저건?"

"이건, 고위급 몬스터의 기운 아닌가요?"

"이정도 기운이라면 최소한 사도급인데. 이 근처에 사도가 있다는 소리는 듣지 못했는데."

"곧 알게 되겠죠. 일단 자리를 좀 옮길까요? 여기는 바다 위라서 아무래도 싸우기엔 애매하니까."

"그러지."

급격하게 방향을 튼 두 사람은 근처에 있는 이름 없는 무인도로 향했다.

그들의 방향전환을 감지한 유건이 피식 웃으며 유유히 낙하방향을 바꿨다.

혼돈의 군주로서의 첫 각성을 이룬 유건의 정신세계는 이전과 비할 수 없을 만큼 비약적으로 넓어져 있었다.

그 태초부터 존재해왔던 근원에 맞닿으면서부터 무한히 축적되어있는 지식의 본질을 어느정도 엿볼 수 있었기 때문이었다.

그 이전과 이후, 그는 본질적으로 다른 존재가 되어 있었다.

그런 그의 눈에 섬에 올라가 대비하고 있는 두 사람의 모습이 들어왔다.

그들에게서 느껴지는 것은 노골적인 적의.

망설일 이유가 전혀 없었다.

빠르게 낙하하는 유건의 등 뒤로 열두 쌍의 검은 날개가 모습을 드러냈다.

어느새 꺼내든 신창 롱기누스가 검게 물든 채 가늘게 몸을 떨어댔다.

창대를 뒤로 끌어당긴 유건의 팔에서 어둠의 기운이 넘실거렸다.

터질 듯이 팽창한 이 거력을 남김없이 두 사람을 향해 쏟아냈다.

검은 해일이 이름 모를 섬을 향해 끝없이 밀려들었다.

"헛!"

"피, 피하세요!"

다급히 장 루이의 전면을 막아선 강지환이 방어에 있어서 타의 추종을 불허한다고 칭찬이 자자하던 절대빙벽을 만들어냈다.

갑자기 무리해서 이능을 사용한 탓인지 그의 코에서 붉은 핏물이 흘러내렸다.

투욱.

바닥으로 떨어져 내린 핏물이 순식간에 얼어붙었다.

두 사람을 감싼 형태로 겹겹이 만들어진 빙벽위로 검은 어둠이 쏟아져 내렸다.

쿠쿠쿠쿵.

거대한 충격파가 연이어 쇄도했다.

수십 겹으로 만들어진 절대빙벽이 차례차례 깨져나 갔다.

"으득."

이를 악문 채 빙벽을 유지하기 위해 정신을 집중한 강지환의 이마에 굵은 핏줄이 튀어나왔다.

끝도 없이 이어질 것 같던 충격이 그쳤다.

하나 남은 빙벽을 유지하기 위해 최선을 다하던 강 지환이 비로소 안도의 한숨을 내쉬며 몸을 일으켰다.

급작스런 힘의 운용이 무리가 됐는지 비틀거리는 그의 어깨를 장 루이가 붙잡았다.

"지금 부터는 내가 맡지. 너는 쉬면서 힘을 회복하 도록."

전의를 다지며 앞으로 나서는 장 루이의 앞에 유건 이 천천히 하강하며 모습을 드러냈다.

넘실거리는 검은 어둠을 주변에 두르고 있는 사내.

그 누가 봐도 인류의 적인 몬스터들과 한통속으로 볼 수밖에 없는 모습이었다.

쿠웅!

장 루이가 진각을 밟았다.

그 거대한 울림이 유건의 심장을 때렸다.

두근.

단 한 동작만 봐도 상대가 얼마나 강한 존재인지 능히 짐작할 수 있었다.

여유롭던 유건의 얼굴에서 표정이 사라졌다.

쇄도하는 장 루이를 향해 유건이 정권을 날렸다.

주먹 주변으로 이글거리는 푸른 전격. 폭뢰신권이었다.

두 사람이 부딪히며 생긴 충격파가 작은 섬 전체를 뒤흔들었다.

첫 일격을 받아내느라 전력을 다했던 강지환은 거의 탈진 상태였다. 그렇기에 자신이 마주한 상대가 최근 들어 전 가드 지부에서 가장 많은 관심을 받고 있었던 그 적응자라는 사실을 깨닫지 못했다.

소식으로 전해 듣는 것과 직접 대면하는 것 사이에 생긴 간극은 얼핏 보는 것만으로는 쉽사리 메워지지 않았다.

몇 마디 대화만 나누어도 풀릴 이 작은 오해로 인해 유건은 일행들과 합류하기 까지 꽤 여러 날을 지체해야만 했다.

·   ▼   ·

북아일랜드의 수도인 벨파스트인근에 도착한 일행
들은 낙하산을 메고 뛰어내리는 대신 신들린 비행실
력을 뽐내며 도로에 비상착륙한 조종사의 노련한 솜
씨 덕분에 비교적 편안하게 자리를 잡을 수 있었다.

반쯤 허물어진 워터프론트홀의 중앙을 헤매고 다니
던 몬스터들을 소개한 일행들은 발 빠르게 움직이며
나름 안전한 임시 진지를 구축했다.

마치 각성하기 이전의 유건이 객체분할을 일으켜
다수의 군단을 만들어낸 것처럼 일사분란하게 움직이
는 슈퍼 솔져들의 모습에 제임스가 헛웃음을 터트렸
다.

"쟤네들 상처 아무는 속도가 예전 유건과 비교하면
조금 느리기는 하지만 제법 쓸 만한데?"

그의 말에 고개를 돌려 상처 난 부위를 살피고 있는
군인들을 쳐다본 철환이 관심 없다는 듯 다시 닦고 있
던 검에 시선을 고정시켰다.

"그래봤자 짝퉁이지."

"짝퉁? 그게 무슨 뜻이지?"

어지간한 단어들은 거의 원어민의 표현에 가까울 정도로 해석해내는 통역 아이템이 이번만큼은 제 기능을 해내지 못했다.

"모조품 말이다."

"아! 그걸 짝퉁이라고 하나보지?"

"겉보기에는 진짜와 유사하지만 그래봤자 진짜를 따라가긴 힘든 법이다."

"그래도 저 정도면 제법 잘 만들어진 짝퉁 아닌가?"

팔이 거의 잘려나갈 정도의 중상을 입었던 군인 하나가 상처가 거의 다 회복 됐는지 팔을 크게 휘돌리며 상태를 점검하고 있었다.

그 모습을 흘깃 쳐다본 철환이 피식 웃으며 말했다.

"A급 짝퉁인가 보지."

"그런가?"

그의 웃음 속에 담긴 의미를 모를 리 없는 제임스가 가볍게 어깨를 으쓱거리며 말했다.

철환과 같이 어린 시절부터 무(武)를 갈고 닦으며 외길을 걸어온 무인에게 있어서 타인의 장점을 비겁한(?)방법으로 취하는 일종의 편법을 동원해 강해진 이들은 경멸의 대상일 뿐이었다.

더 블랙이라는 강대한 적을 앞에 두고 있었기에 참고 있을 뿐이지 예전의 그였다면 두들겨 패서 쫓아버렸으면 버렸지 지금과 같이 동료라는 이름으로 등을 맞대고 전투에 임하지 않았을 터였다.

그런 두 사람을 향해 제법 어린 티가 나는 군인 하나가 쭈뼛거리며 다가왔다.

"저, 저기…."

"응? 뭐지?"

자신에게 볼일이 있는 것 같아 보이는 군인을 향해 제임스가 물었다.

"팬입니다. 괜찮으시다면 여기다가 사인 좀."

"뭐?"

가드 본부 차원에서 진행된 대대적인 이미지 마케팅 사업의 일환으로 대표적인 가드 요원들 중 몇몇의 활약상을 구체적으로 사이트에 올려 그들에 대한 우호적인 인식을 갖도록 유도했었다.

이는 물론 가드가 전면에 드러나 몬스터들을 상대하기 시작했을 시기 중 특히 초반에 가드라는 단체에 대한 시민들의 인식이 별로 좋지 못했을 때의 일이다.

때문에 의도하던 바와 달리 마치 그들을 모블 코믹스의 액션 히어로와 같이 우상처럼 섬기며 추종하는 무리들이 생겨났다.

그 어떠한 특수효과도 아닌 실제적인 능력으로 불을 만들어내며 이를 자유자재로 다루는 제임스는 그중에서도 으뜸가는 인기를 구가했다.

가드에 대한 사람들의 인식이 제 자리를 잡고 난 뒤에는 그 모든 것들이 인터넷 상에서 자취를 감췄지만 그들의 옛 활약을 그린 동영상을 돌려보며 추종하는 골수팬들은 여전히 활발한 활동을 전개하고 있었다.

군인의 초롱초롱한 눈망울에 비친 자신의 모습을 바라본 제임스가 난처한 웃음을 지으며 그가 내민 등판에 매직으로 사인을 해주었다.

"감사합니다. 정말 감사합니다."

땅에 머리가 닿을 정도로 고개를 숙여가며 인사를 하는 군인의 모습에 어색하게 웃으며 답례를 한 제임스의 귓가에 철환의 말이 들려왔다.

"아주 슈퍼스타 나셨네."

"아, 아하하하, 아직 안가고 있었냐?"

"왜? 손이라도 잡아주지 그랬냐? 아주 울어버릴 기

세던데."

"나는 남자는 취미 없다."

"그러냐?"

"풋!"

"풋!"

"푸하하하하!"

"크크크크큭, 봤냐? 사인해달라던 수줍은 모습?"

"봤다. 웃음 참느라 죽는 줄 알았다. 크하하하하
하."

"아, 이 제임스 인기 안 죽었네."

"좋겠다. 남자한테 그런 눈빛도 받고."

"푸흐흐흐흐, 오랜만에 신나게 웃었네."

"하아~ 그러게 말이다."

가볍게 한숨을 내쉬며 검을 집어넣은 철환을 향해
제임스가 말했다.

"살아 돌아가긴 힘들겠지?"

"아마도…."

"뭐, 어차피 객사할 거라고 예상하긴 했었지만 막상
닥치고 보니 기분 묘하네."

"왜? 아쉽냐?"

"너는?"

"나는… 솔직히 미려 곁으로 빨리 가고 싶다. 그냥 가면 혼날 테니까, 갈 때 가더라도 부끄럽지 않게 가야지."

"너, 아직도… 아니다. 그런 건 잊을 수 있는 게 아니지. 미안하다. 내가 그때 외국에 나가있지만 않았어도."

"그게 왜 미안할 일이냐. 그리고 네가 같이 있었다고 한들 상황은 변하지 않았을 거다. 친구를 잃은 더러운 기억 하나가 추가됐겠지."

"그런가?"

"그래."

주변에 무겁게 내려앉은 공기를 바꾸기라도 하려는 듯 가볍게 몸을 돌린 제임스가 말했다.

"그나저나 그 녀석 정말 대단해."

"대단한 녀석이지."

"지금 녀석의 수준이 어느 정도라고 생각 하냐?"

"글쎄다… 내 안목으로는 그 끝이 보이지 않아서 뭐라고 말하기가 애매한 걸?"

그의 말에 제임스의 눈이 휘둥그레졌다.

"그 정도였냐? 나는 몰라도 너 정도라면 다를 거라 생각했었는데"

"나도 이번에 제대로 깨달음을 얻어서 예전과 비할

수 없이 강해졌다고 생각했는데 녀석을 보니 태양 앞에 반딧불이더라. 애초에 출발선 자체가 달라. 녀석은…."

"그렇군."

"웬일로 쉽게 수긍한다?"

"스승님께서 예전에 한번 말씀하셨거든. 더 블랙 그자와 같은 출발 선상에 서있는 건 우리들 중 유건 그 녀석이 유일하다고."

"그래?"

"그래, 뭐 거리는 어마어마하게 벌어져 있다고 하긴 했지만… 그게 어디냐?"

"그렇긴 하지. 적어도 그 재수 없는 면상에 주먹 한 번은 날려줄 수 있겠지."

"크크큭, 한 방으로 되겠어?"

"전력을 담은 일권이면 태산도 무너뜨린다는 말 못 들어 봤냐?"

"그건 또 무슨 헛소리냐?"

"그런게 있다. 무인들이 추구하는 궁극의 경지."

"큭, 거참 할 일도 없네. 그만한 힘을 갖췄으면 세계 통일을 하던지 다른 생산적인 일을 해야지 산은 왜 부수냐?"

"너 같은 서양 사고방식에 물들어 있는 녀석들은 그

안에 담겨 있는 심오한 의미를 죽었다가 깨어나도 모

를 꺼다."

"응? 오늘따라 왜 이러지? 통역이 자꾸 어긋나네."

"크크큭, 그딴 아티팩트 따위가 이해할 수 있는 말

이 아니거든."

"그래, 너 참 잘났다. 아무튼 무술 한다는 놈들 치고

정상이 없다니까."

"남말 하고 있네. 마법사들만큼 미친 녀석들이 어디

있다고."

"미안하지만 나는 마법사가 아니거든! 엄연히 불에

관한 이능을 각성한 이능력자다."

"그리고 마법사이기도 하잖아."

"그건 그렇지만…."

"에라~ 이 정체성 불분명한 박쥐같은 놈아."

그 말을 끝으로 자리를 뜨는 철환을 향해 제임스가

억울하다는 듯 목에 핏대를 세워가며 소리쳤다.

"그건 또 무슨 소리야! 야! 철환! 거기 안서?"

· ✦ ·

두 사람이 그렇게 오순도순(?) 대화를 나누고 있는

사이 주변 정찰을 끝낸 베네피쿠스가 돌아왔다. 어느 새 합류한 그의 수하들과 함께 주변을 샅샅이 살핀 그를 향해 하루나가 기다렸다는 듯이 다가갔다.

"고생하셨어요."

"당연히 해야 할 일을 했을 뿐이다."

그의 무뚝뚝한 말에 살짝 웃음을 터트린 그녀가 그에게 자리를 권하며 테이블에 앉았다.

"주변 상황은 어떤가요?"

"깨끗하다. 당신 말대로 시청사가 그녀의 미궁 속으로 향하는 입구역할을 하는 것 같다. 대부분의 몬스터들이 그리로 드나들더군."

"역시 그랬군요. 고생 많으셨습니다. 감사드려요."

"다시 한 번 말하지만 마스터를 위해 당연히 해야 할 일을 했을 뿐이다. 당신에게 감사 인사 받을 이유는 없어."

그 말을 끝으로 돌아가는 베네피쿠스의 등을 바라보며 하루나가 속으로 말을 이었다.

'그러니까 고맙다고 하는 거예요. 유건씨를 대신해서.'

벨파스트 시 전체가 상세하게 그려져 있는 지도를 펼쳐놓고 시청사 주변을 주시하던 그녀가 먹구름이 밀려드는 밤하늘을 바라보며 말했다.

"비가 오려나? 비보다는 유건씨가 더 반가울 것 같은데 말이지."

· ▼ ·

그 시각 유건은 무척이나 지친 얼굴로 바닥에 누워 있었다. 팔 다리를 대짜로 뻗은 채 멍한 눈으로 하늘을 쳐다보고 있는 그의 시야에 강지환의 얼굴이 들어왔다.

"여~ 이제 좀 괜찮아졌나? 보기보다 강골이네. 그만한 격전을 벌인 사람치고는"

고개를 돌리자 온 몸을 붕대로 휘감은 채 죽은 듯이 잠들어 있는 장 루이의 모습이 보였다.

"저 분은?"

"아? 장 루이씨? 아직 깨어나려면 멀었어. 모든 사람들이 너처럼 무지막지한 회복력을 지니고 있진 않거든. 저 분도 남달리 튼튼한 몸을 가지고 있긴 하지만 너 정도는 아니야."

"후우~ 그렇군요. 죄송합니다."

자신이 아군을 공격했다는 사실을 알게 된 것은 이

미 치열한 격전이 끝나고 난 뒤였다.

이유야 어찌 되었든지 간에 먼저 공격을 한 것은 자신이었으니 입이 열 개라도 할 말이 없다는 말이 바로 이럴 때 쓰는 말이구나 싶었다.

그의 사과에 강지환이 피식 웃으며 작은 병을 건넸다.

"이건?"

그 안에 담긴 물을 마시다가 익숙한 기운에 놀란 유건이 강지환을 쳐다보았다.

"역시, 아는구나? 세계수 잎을 달인 물이야. 피로 회복에 그만이지. 정신도 맑아지고."

"그럼 당신도?"

"그래, 가드 마스터의 지시를 받고 저기 누워있는 장 루이씨를 회유하러 떠났다가… 보란 듯이 성공하고 너희 일행들과 합류하기 위해 가는 길이었지."

"그랬군요."

손에 힘이 돌아오는 걸 느끼며 상체를 일으킨 유건이 다시금 고개를 숙이며 사과했다.

"정말 죄송하게 됐습니다."

"아니야, 널 알아보지 못한 내게도 어느 정도 책임은 있으니까 서로 비긴 셈 치자고."

"그래도…."

"솔직히 어둠의 기운을 그렇게 진하게 풍기면서 하늘에서 내려온 너를 내가 들어왔던 유건이라는 인물과 동일인이라고 생각하긴 힘들었어."

"하하, 그… 그렇겠네요."

"그래도 뭐, 덕분에 네가 지닌 힘에 대해 어느 정도 알 수 있어서 좋았다고 생각한다. 누워 있는 게 저 분이 아니라 나였다면 생각이 달랐을지도 모르겠지만."

죽은 듯이 누워있는 장 루이를 쳐다보던 강지환과 유건이 동시에 눈이 마주 치자 누가 먼저랄 것도 없이 동시에 웃음을 터트렸다.

"해볼만 하다고 생각했다."

"네?"

"널 보니 도저히 대적할 엄두가 나지 않던 그 녀석과 한 번 해볼 만하겠다는 생각이 들더라."

"하지만 저는 아직…."

"그래, 아직은 많이 부족하지. 하지만 그런 점들은 금방 보완할 수 있는 성질의 것이니까. 가능성이 아주 없는 것과 해볼 만 한 것 사이에는 어마어마한 간극이 존재하지."

"그렇군요. 해볼 만 한거군요."

"그래. 그러니까 어깨 피고 자신감을 가져. 너는 지금 충분히 강하다. 그리고 중요한 건 앞으로 훨씬 더 강해질 수 있다는 거야. 이래 뵈도 내가 전 가드 요원들 중에서 사람 보는 눈이 제일 좋다고 소문이 자자한 사람이거든."

"훗, 그런가요?"

강지환의 너스레에 웃음을 터트린 유건이 이제는 제법 힘이 돌아온 몸을 일으켜 천천히 스트레칭을 시작했다.

"와우~ 벌써 완전히 회복한 거야?"

"뭐, 대충은요."

"이제 보니 생각보다 더한 괴물인데?"

"괴, 괴물이요?"

"그럼 보통 사람이라고 말하려고? 그 12장이나 되던 어둠의 날개는 어쩌고?"

"아, 아하하하. 그, 그런가요?"

"누가 보면 전설에나 등장하는 타락한 천사장인줄 알겠어."

"설마요."

격전의 여파로 인해 한층 더 거대해진 채로 내부에서 꿈틀대는 혼돈이라는 이름의 거력을 느끼며 유건이 저 멀리 벨파스트 방향을 바라보았다.

'곧 돌아갈게.'

· ⁜ ·

'응?'

하루나와 함께 정신 동조 상태에 관한 여러 가지 실험들을 하고 있던 성희가 고개를 들고 먼 하늘을 쳐다보았다.

그녀와 동조상태에 있었던 하루나도 무언가 미묘한 기척을 감지하고 그녀가 바라보는 방향을 바라보았다.

'아련한… 그리움?'

너무나도 생생하게 전달되는 성희의 감정에 가볍게 웃음을 터트린 하루나가 내심 아무것도 모르는 척 성희의 이름을 불렀다.

"성희?"

그녀의 부름에 퍼뜩 정신을 차린 성희가 황급히 고개를 돌리며 대답했다.

"네? 네, 넵."

"뭔가 이상한 거라도 느낀 건가요?"

"아? 아뇨. 그, 그게… 그냥."

말을 더듬거리며 어쩔 줄 몰라 하는 그녀의 모습에 터져 나오는 웃음을 애써 참아낸 그녀가 말을 돌렸다.

"그나저나 유건씨가 조금 늦네요?"

"그, 그죠?"

"왜요? 걱정 되요?"

"조, 조금은…."

"적어도 우리들 중에서는 유건씨가 제일 강한 힘을 지니고 있으니까 너무 걱정하지 말아요. 아무렇지도 않게 금방 돌아올 테니."

"휴우~ 그렇겠죠? 근데 왜 자꾸만 걱정이 드는지 모르겠어요. 마치 물가에 어린아이 내놓은 것 마냥."

"불안한 생각이 꼬리에 꼬리를 물고 이어지고, 계속 신경 쓰이죠?"

"그, 그걸 어떻게?"

"후후훗, 사랑에 빠진 여자들이 남자를 기다리며 흔히 하는 생각들이니까요. 특히나 유건씨처럼 위험한 일에 종사하는 사람이라면… 보통 사람들보다 더하겠죠."

"사, 사랑이요?"

그녀의 말에 당황한 채 허둥대는 그녀를 물그러미
바라보던 하루나가 이상하다는 듯 고개를 갸웃 거렸
다.

"응? 아니었어요? 누가 봐도 서로 사랑하는 연인사
이이던데."

"아, 아니예요. 저희는 그런 사이가…."

손 사례를 치며 부인하는 그녀를 향해 하루나가 의
아한 얼굴로 말했다.

"이상하네, 두 사람이 서로 사랑하는 사이라는 건
이미 꽤 오래전부터 모두들 알고 있던 사항인데 말이
죠. 내가 잘못 알았나?"

일부러 모르는 척 시치미를 떼며 말을 늘이는 하루
나의 모습에 성희가 벌게진 얼굴로 발을 동동 굴러댔
다.

"아, 아니… 그, 그런 게 아니라요. 저기, 그… 그
게… 그러니까…."

"왜요, 두 사람 사이에 무슨 문제라도 있어요?"

부드러운 미소를 머금은 채 물어오는 하루나의 얼
굴을 한참동안 바라보고 있던 성희가 긴 한숨을 내쉬
며 입을 열었다.

"그러니까 사, 사랑 고백을 받거나 한 게 아니라

서…."

그녀의 수줍은 고백에 하루나의 입가에 맺혀있던 미소가 더욱 짙어졌다.

"저런, 그건 유건씨가 잘못했네요. 여자에게 분명한 확신을 심어줘야 불안해하지 않는 건데. 제가 이번에 돌아오면 따끔하게 혼내줄게요. 걱정 말아요."

"에? 그, 그럴 필요까지는…."

"아니에요, 이런 건 확실하게 집고 넘어가야 되요."

"그, 그런가요?"

연애라고는 책이나 드라마를 통해서 얻은 간접 경험이 전부인 성희로서는 하루나의 확신에 가득 찬 말에 대해 아니라고 할 만한 자신감이 없었다.

그녀 스스로도 가만히 생각해보니 유건의 우유부단한 태도는 늘 마음에 들지 않았던 것 같았기에 더 그랬다.

"사실은…."

머뭇거리던 그녀가 결심을 한 듯 속에 깊이 담아두었던 고민거리를 꺼내놓기 시작했다.

"저런, 그런 일이 있었어요?"

게다가 적절하게 말을 받아주며 경청해주는 하루나

의 세련된 대화 방식도 그녀가 마음을 털어놓을 수 있는데 큰 도움이 되었다.

그간 고민하고 있었던 것들을 남김없이 털어놓은 성희는 무언가 가슴을 답답하게 누르고 있던 커다란 짐을 덜어낸 것 같은 시원함에 양손을 번쩍 들고는 깊은 숨을 들이켰다.

"후아~ 왠지 모르게 시원하네요."

"저도 성희씨가 자각한 이능에 대해 좀 더 깊이 알 수 있는 좋은 기회가 된 것 같아서 좋네요."

"네? 제 이능이요?"

"후훗, 우리들이 자각한 이능은 사실 개개인이 지니고 있던 강렬한 열망이 그 바탕이 되는 경우가 많거든요. 정확히 밝혀지지 않아서 확신할 수는 없지만 적어도 제 생각에는 그게 맞는다고 봐요."

"그런가요?"

"그래요, 유건씨에게 도움이 되고 싶다는 열망, 그를 지켜주고 싶다는 강한 마음, 이런 것들이 모여 성희씨의 이능을 발현시킨 거죠. 바로 지금과 같은 형태로."

"그렇군요, 그럼 언니 이능도?"

그녀의 말에 고개를 끄덕이며 자신의 이능에 대해

돌아보던 그녀가 하루나를 바라보며 물었다.

그녀의 물음에 하루나가 쓴 웃음을 지으며 대답했다.

"제가 속해있던 곳과 오랫동안 패권을 다투던 다른 집단이 있었어요."

그녀의 말에 실린 강한 후회, 자책과 같은 기운을 전해 받은 성희가 말없이 그녀의 손위에 자신의 손을 올려놓았다.

"고마워요."

그녀의 손에서 전해져오는 온기를 느끼며 슬픈 미소를 머금은 하루나가 다시금 말을 이었다.

"점차 격렬하게 이어지던 그 싸움이 절정에 달했던 큰 전투에서 저희 쪽 지휘부가 큰 타격을 입게 됐어요. 그 이후부터는 믿을 수 없을 만큼 빠른 속도로 무너져 내리기 시작했죠."

하루나의 붉어진 눈은 성희의 손이 아닌 과거의 그 때를 바라보고 있었다.

"정말 많은 사람들이 죽어나갔어요. 친구, 동료, 가족⋯ 심지어 아무것도 모르는 어린아이들까지. 저는 저를 구하기 위해 몸을 던진 동료의 시신을 부여잡고 오열하며 강하게 염원했었죠."

"그래서…."

고개를 들고 성희를 쳐다보는 하루나의 충혈 된 눈에서 굵은 눈물방울이 흘러내렸다.

"그 큰 전투에서 사망한 지휘부 요인이 바로 제 아버지였거든요. 아버지의 직책은 정보 총괄 부장. 적들의 움직임을 유기적으로 파악해 그들의 진정한 목적과 뜻을 파악해내는 일들을 주로 하셨죠."

"아!"

뭔가 깨달은 듯 탄성을 터트리는 성희를 향해 감정을 수습한 하루나가 밝게 웃으며 말했다.

"오랜 시간이 걸리긴 했지만 그날 왜 아버지가 죽을 수밖에 없었는지, 왜 우리 조직이 전멸해야만 했는지 알아낼 수 있었죠. 후훗, 그 이유가 뭔지 아세요?"

"그게 대체 뭐였죠?"

정말 궁금하다는 듯 되묻는 성희를 향해 하루나가 허탈하게 웃으며 말했다.

"정보원으로 활약하던 여러 대원들 중 한 사람이 보고했어야 할 사항 하나를 대수롭지 않게 여긴 채 뒤로 미뤄뒀기 때문이었어요. 그가 보기에는 별것 아닌 정보였지만 만약 그 내용이 아버지 손에 들어왔었다면 분명 아버지께서는 그 작전을 취소하셨을 거예요."

"어떻게 그런 일이…."

"저도 처음에는 너무나 허탈했어요. 그 이유 말고 뭔가 중요한 다른 이유가 있었을 거다. 그렇게 스스로 되뇌며 다른 것들을 샅샅이 조사했었죠. 그런데… 그 것 말고는 다른 이유를 찾을 수가 없었어요."

다시 생각해 봐도 어이가 없었는지 헛웃음을 터트린 하루나가 말을 이어나갔다.

"사실 정보라는 건 퍼즐과도 같아요. 작은 정보들을 모아서 커다란 그림을 완성 하는 거죠. 원통한 일이지만 그 요원이 보고를 미룬 그 정보가 일종의 히든 피스였던 거였어요. 그것도 정보를 다루는 일에 전문가인 그 요원조차 알아차릴 수 없을 정도로 교묘하게 위장된 그런 정보였죠."

"그걸 어떻게?"

"제가 이능은 그 사람의 강렬한 염원과 관계가 깊다고 했었죠? 아마도 그 사실을 깨닫게 된 순간 저는 강하게 바랐던 것 같아요. 그런 모든 정보들을 다른 사람의 손에 의지하지 않고 혼자 힘으로 파악해 낼 수 있는 그런 사람이 되고 싶다! 그렇게 말이죠."

"아하! 그래서 멀티태스킹이라고 이름 붙은 이능을 각성하신 거군요?"

"네, 이능을 각성하고 난 뒤 제일 먼저 한 일이 뭔지 알아요?"

"뭐였어요?"

"정말 그 작은 정보 하나 때문에 우리 조직이 전멸할 수밖에 없었는가를 조사하는 일이었어요. 처음부터 하나하나 다시 꼼꼼하게 살펴봤죠."

"그래서 살펴본 결과가 어땠어요?"

"각성한 직후라 이능을 사용하는 방법도 제대로 모르고 있었던 나는 머리가 쪼개지는 것 같은 고통을 참아가며 자료를 분류하고 다각도로 살펴보는 일을 계속해나갔어요. 그래도 결과는 변하지 않더군요."

"저런…."

말을 마친 하루나가 거의 울 것 같은 얼굴로 자신을 바라보고 있는 성희의 뺨을 살포시 어루만져주며 자리에서 일어났다.

"갑자기 분위기가 너무 무거워졌네요. 오늘은 이만 할까요?"

"네? 아, 네. 그래요."

"아무튼 오늘 대화의 결론은, 유건씨는 여자 맘도 몰라주는 나쁜 남자라는 거예요. 돌아오면 제가 따끔하게 혼내줄게요."

"네? 아, 저기 그건….."

"후훗, 걱정 말아요. 사실을 드러내지 않고도 혼내줄 수 있는 방법은 많으니까. 나만 믿어요. 금방 고백하게 해줄 테니. 적어도 여자라면 남자한테 제대로 된 고백을 받을만한 자격이 있다고 생각해요 난."

"고, 고맙습니다."

뭔가 더 말을 하려던 성희가 공손하게 머리를 숙이며 감사인사를 건넸다.

"그럼 오늘은 푹 쉬고 내일 다시 만나도록 해요."

인사를 건네며 돌아선 하루나가 자신의 머리를 가볍게 쥐어박으며 말했다.

"저렇게 순진한 아가씨의 마음을 이용하다니, 나도 참 못됐네."

모든 정보를 다각도에서 분석하고 한 번에 여러 가지 일을 동시에 처리할 수 있는 그녀는 성희의 단단하기 그지없는 마음의 장벽을 허물기 위해 일부러 자신의 이야기를 꺼내서 그녀의 마음을 격동시켰다.

그렇게라도 하지 않으면 쉽게 동조하기 힘들만큼 성희가 지니고 있는 마음의 방어막은 견고했다.

'아마도 그녀가 각성한 이능 때문이겠지.'

다른 이들과 달리 자신의 이능에 대한 이해나 활용도가 아직까지는 미숙한 편인 그녀였기에 하루나가 의도적으로 편법을 동원했던 것이었다.

다른 이들은 그녀의 마음과 동조하기 위한 어느 정도의 통로를 만들어 제공했지만 성희는 그런 일이 쉽지 않았기 때문이었다.

일단 그녀의 마음을 흔들어 생긴 작은 틈을 타고 견고한 동조 체계를 구축하는 데 성공하긴 했지만 마음속에 자책이 남는 건 어쩔 수 없었다.

'나중에 살아남게 되면 정식으로 사과해야겠네.'

쓰게 웃으며 뒤를 돌아본 하루나가 아무도 없는 빈 공간을 향해 고개를 숙여 인사를 했다.

'미안해, 성희씨.'

그녀를 끝으로 대부분의 사람들과 마음의 동조를 성공시킨 하루나는 적어도 그들이 동의한 부분에 관해서 만큼은 그들과 같은 감정과 같은 생각들을 공유할 수 있었다.

이로서 그녀는 마치 수많은 전투 유닛(Unit)들을 통솔하는 마스터 커맨더(Master Commander)로서 그들의 전투 역량과 몸 상태를 즉각적으로 파악해 시의 적절하게 통솔할 수 있는 준비를 마칠 수 있었다.

그 과정 중에 그녀를 놀라게 했던 사실은 슈퍼 솔져로서 재탄생한 군인들이 지닌 능력의 탁월함과 그들을 통솔하는 마틴과 캐빈이 지닌 격이 다른 강함이었다.

게다가 그들 모두가 마치 여왕벌과 일벌들처럼 하나의 유기적인 군집체로서 연결되어 있다는 사실이었다.

이러한 사실을 그들 개개인이 알고 있는지 모르고 있는지 정확하게 파악할 수는 없었지만 유사시 그들 모두가 마틴 한 사람을 보호하기 위해 자신의 목숨을 초개와 같이 내던지리라는 것쯤은 그녀로서도 쉽게 파악해 낼 수 있었다.

왜냐하면 그들 모두를 통솔할 수 있는 여왕벌과 같은 권한이 마틴이 아닌 캐빈에게 주어져 있었기 때문이었다.

그녀가 만나서 파악해낸 마틴이라는 사람은 자신의 목숨을 구하기 위해 그들 모두를 희생하게 할 만큼 모진 성품을 지닌 이가 아니었다.

그러나 캐빈이라면?

그의 모든 관심은 오직 마틴에게 향해 있었다.

굳이 마음속을 들여다보지 않고 표층 의식에 떠올

라 있는 것들만 살펴봐도 쉽게 알아차릴 수 있을 정도로 그의 목적은 명확했다.

그러나 그의 내면세계는 동조를 위해 허락한 범위 안에서 파악해 내지 못할 만큼 공고한 방어막으로 둘러싸여 있었다.

'적어도 쉽게 죽도록 내버려 두지는 않겠다는 건가?'

그 한 사람에게 거는 가문의 기대가 얼마나 큰지를 보여주는 반증이라고 할 수 있었다.

이렇듯 각자 개개인이 품고 있는 이상과 목적이 다른 이들이 모여 전투를 벌이는 만큼 우발적인, 혹은 의도적인 변수들이 무수히 많이 발생하리라는 것쯤은 쉽게 예상할 수 있었다.

한 마음, 한 뜻이 되어 전투에 임해도 승리를 장담할 수 없는 상대를 앞두고 이런 상태라는 것이 썩 마음에 들지는 않았지만 이런 모든 상황들을 자신의 뜻대로 조율하는 것.

그것이 바로 하루나 자신이 해야 할 역할이라는 것을 그녀는 명확하게 자각하고 있었다.

'결코 당신들 뜻대로 되지는 않을 거야.'

그녀는 자신의 사명을 재확인 하며 다시 한 번 마음

속으로 되뇌었다.

• ▼ •

유건이 몸 상태를 정상으로 회복하고 난 뒤로도 한참동안 죽은 듯이 누워있던 장 루이가 정신을 차렸다.

"내가 진건가?"

정신을 차린 그의 입에서 제일먼저 나온 말이었다.

그의 물음에 피식 웃음을 터트린 강지환이 그에게 세계수 잎을 달인 물을 건네며 어깨를 다독였다.

"지금 그게 중요한 게 아니지 않나요?"

"흠….."

강지환의 말이 맞는다는 사실을 알면서도 뭔가 마음에 안 드는 듯 침음성을 흘린 그가 천천히 자리에서 일어섰다.

그리고는 엉거주춤하게 서서 뭔가 미안한 얼굴로 이리저리 눈을 굴리고 있는 유건을 향해 다가갔다.

"반갑다. 나는 장 루이. 그대와 함께 대적을 상대하기로 결단한 자다."

자신 앞에 내밀어진 손을 멍하니 바라보고 있던 유건이 급히 그의 손을 마주 잡으며 말했다.

"아, 예. 반갑습니다. 백유건이라고 합니다."

"그대가 바로 지환이 말하던 자였군. 흠… 하긴 적어도 그 정도 실력은 갖추고 있어야 말이 되겠지."

혼잣말을 하며 고개를 끄덕이던 그가 지환을 향해 몸을 돌리며 말했다.

"내가 얼마나 오랫동안 누워있었지?"

"생각만큼 그리 오래되지는 않았습니다."

"크흠… 생각보다 몸이 회복되는 속도가 더디군. 몸 안에 남아있는 이 이질적인 기운 때문인가?"

그의 혼잣말을 들은 유건이 한발 앞으로 나서며 조심스럽게 말했다.

"아? 제가 좀 도와드려도 되겠습니까?"

그를 물끄러미 쳐다보고 있던 장 루이가 말없이 팔을 내밀었다.

아군을 공격했다는 사실이 못내 미안했던 유건이 머쓱한 얼굴로 다가가 그가 내민 팔을 잡았다.

그가 의지를 불러일으키자 이내 장 루이의 몸 안에 머물며 그의 회복을 방해하고 있던 혼돈의 기운이 유건의 몸 안으로 빨려 들어갔다.

그제야 정상적인 몸 상태를 회복한 장 루이가 나른한 한숨을 내쉬며 이능을 활성화 시켰다.

그 순간 그를 중심으로 강한 바람이 사방으로 휘몰
아쳤다.

"후우~ 이제야 좀 살 것 같군."

마치 막힌 둑이 터진 것처럼 모든 물리 데미지에 대
한 면역능력을 갖춘 그의 몸이 단숨에 회복되었다.

팔을 크게 휘돌리며 몸 상태를 확인한 장 루이가 강
하게 진각을 밟으며 유건을 향해 주먹을 날렸다.

"헛!"

갑작스런 공격에 당황한 유건이 헛바람을 집어 삼
켰다.

살기가 전혀 느껴지지 않는 공격이었기에 이렇다
할 방어 동작을 취하지 않은 유건의 복부 바로 앞에서
멈춰선 장루이의 주먹이 펴지며 그의 가슴을 가볍게
두들겼다.

"앞으로 잘 부탁하네."

"저야말로."

공손하게 고개를 숙이는 유건을 바라보며 장 루이
가 흐뭇한 미소를 지었다.

그가 직접 몸으로 체험한 유건의 강함은 상상 이상
이었다. 게다가 자신의 몸 안에 남아 그를 괴롭히던
기운은 마치 그자를 마주했을 때 경험했던 그것과 무

척이나 닮아있었다.

'어쩌면….'

이곳으로 오는 동안 내내 그의 마음 한 구석을 무겁게 짓누르고 있던 돌덩어리가 치워지고 그 빈 공간에 한줄기 기대감이 자리 잡게 되는 순간이었다.

· ❦ ·

그런 세 사람 앞에 건장한 체구의 사내가 홀연히 모습을 드러냈다.

더불어 키가 무척 큰 사내와 매혹적인 자태를 자랑하는 여인이 그의 뒤를 따르고 있었다.

"응?"

그제야 그들의 모습을 발견한 유건이 의아한 얼굴로 강지환을 바라보았다.

그의 눈빛에 담긴 의미를 알아챈 강지환이 어깨를 으쓱거렸다.

혹시나 다른 동료들이 합류한 건가 생각했던 유건이 눈을 가늘게 뜨고 그들을 살펴보았다.

그들 세 사람 중 어느 누구도 저 그들이 지척에 다다를 때 까지 그 기척을 알아차린 이가 없었다.

'마법을 통해 기척을 감춘건가?'

그 순간 마치 두터운 막이 걷히기라도 한 것처럼 세 사람에게서 막대한 기세가 뿜어져 나왔다.

얼핏 느껴지는 기세만 가늠해 봐도 쉽지 않은 상대라는 것을 알 수 있었다.

그들의 기세에 노출된 피부가 가느다란 바늘로 찌르는 것처럼 따끔거렸다.

특히나 그들 중 가운데 서있는 사내.

길게 자란 탐스러운 백금발을 자연스럽게 내려뜨린 모습이 무척이나 잘 어울렸다.

마치 누군가 의도적으로 빚어낸 것처럼 완벽한 외모였다.

유달리 긴 팔을 축 늘어뜨린 채 있는 듯 없는 듯 느껴지는 사내와 타는 것 같이 붉은 머리칼이 인상적인 여인.

그들의 모습을 천천히 훑어본 유건이 한발 앞으로 나서며 입을 열었다.

"무슨 일이지?"

그의 물음에 가운데 자리하고 있던 사내가 대답했다.

"저런, 놀라지도 않는 건가? 그래도 나름 기대를 했건만."

여유로운 말투, 여유 있는 웃음.

한 사람 한 사람이 범상치 않아 보이는 일행.

적어도 좋은 의도로 찾아온 것 같지는 않았다.

유건의 눈초리가 가늘어지자 너스레를 떨던 사내가 우아한 몸동작으로 인사를 건넸다.

"정식으로 인사하지, 나는 기사 중의 기사, 기사 왕 오르도라고 하네."

"기사 왕?"

처음 듣는 생소한 단어에 유건이 고개를 갸웃거리며 반문하자 그의 어깨를 짚은 강지환이 한발 앞으로 나섰다.

유건은 스쳐지나가는 그의 얼굴이 몹시 굳어 있는 것을 보고 잠자코 뒤로 한발 물러섰다.

대화의 주도권이 넘어갔음을 인지한 오르도가 강지환을 향해 가볍게 고개를 숙여보였다.

"오르도라고 하네, 그대가 바로 그 소문이 자자하다는 아이스맨이로군."

"무슨 히어로물 주인공도 아니고 아이스맨은… 반갑습니다. 강지환이라고 합니다."

"허허허, 이거 초면에 내가 큰 실례를 한 것 같군. 용서하게."

"뭐, 괜찮습니다. 그 소문이 자자한 기사 왕을 실제로 뵙게 될 줄은 몰랐군요. 실존하는지 조차 의문이었는데 말이죠."

"언제나 진실은 소문에 의해 가려지는 법이라네."

"그렇군요. 그런데 여긴 어떻게?"

"뭐, 나도 어쩔 수 없는 분의 명령에 따르기 위해서라네, 나라고 뭐 별 수야 있겠나. 하라면 해야지."

"서, 설마!"

기사 왕이라고 자신을 소개한 오르도가 놀라는 지환을 향해 가볍게 웃으며 고개를 끄덕였다.

"자네 생각이 맞다네."

"끄응⋯."

강지환은 자신의 추측을 확신으로 바꿔주는 상대의 긍정에 낮게 신음소리를 흘렸다.

그런 두 사람의 대화를 듣고 있던 유건이 장 루이에게 물었다.

"저 사람이 대체 누군데 그러죠? 기사 왕이라니? 말투도 어딘가 조금 이상하고."

"말 그대로 그는 모든 기사들의 왕이자, 절대적인 힘을 자랑하는 전사이기도 하다. 전설로만 전해지는 이야기 인줄 알았는데 사실이라니⋯ 하긴, 별의 별 몬스터들이 다 등장하는 세상에 뭔들 부인할 수 있겠나."

"전설이요?"

"자네는 아더왕에 대한 전설을 듣지 못했나?"

"에?"

장 루이의 입에서 전혀 엉뚱한 말이 튀어나오자 유건의 입에서 요상한 소리가 흘러나왔다.

"설마, 저 사람이 그 아더왕?"

그의 놀란 음성에 장 루이의 고개가 가로로 움직였다.

"시대마다 이름을 달리하긴 하지만 그가 바로 그 전설속의 주인공들의 곁에서 실직적인 공을 세운 인물일세. 결코 외부로 이름이 드러나는 법이 없었네."

아련한 눈으로 허공을 응시하던 장 루이가 계속해서 말을 이었다.

"알렉산더, 나폴레옹, 역사에 이름을 남길 만큼 위대한 왕들의 곁에는 바로 그가 있었다고 하지. 검 한자루로 수만 명의 적들을 유린하는 절대자. 모든 기사들이 우러러 보는 무의 정점. 그것이 바로 저자를 일컫는 말이지."

도저히 믿겨지지 않는 이야기들이 한꺼번에 흘러나

오자 머리가 아파오기 시작했다. 가볍게 고개를 흔들
어 상념을 털어낸 유건이 가장 중요한 질문을 던졌다.

"그런데 그렇게 대단한 사람이 왜 여기에 나타난 거
죠?"

그 순간 마치 그의 물음에 대답하기라도 하듯이 강
지훈의 입에서 큰 소리가 터져 나왔다.

"대체! 당신 같은 자가 어째서 더 블랙 같은 자의 밑
으로 들어간 거지? 어째서!"

소리치는 강지훈의 얼굴이 붉게 상기되어 있었다.
그도 그럴 것이 그의 눈앞에 있는 자는 인류 역사 전
체를 통 털어 가장 강하다고 말할 수 있는 존재였기
때문이었다.

그 누구도 그의 시작을 몰랐고 그의 진정한 정체를
몰랐으나 적어도 그는 다른 차원에서 건너온 더 블랙
과 달리 이곳에서 나서 자란 인간임에 틀림이 없었기
때문이었다.

그런 그가 전 인류의 말살을 원하는 더 블랙의 수하
가 되었다?

이는 어릴 적부터 그에 관한 수많은 전설들을 들으
며 자라난 강지환의 입장에서 도저히 용납할 수 없는
이야기였다.

그의 분노를 대변하기라도 하듯이 양손에 맺힌 새하얀 서리가 점차 소용돌이치며 주변의 공기를 차갑게 만들기 시작했다.

그런 그의 모습을 바라보면서도 눈 하나 깜빡하지 않은 오르도가 입을 열었다.

"간단해. 내 모든 걸 걸고 그자와 싸웠고, 그 결과 내가졌다. 그래서 그의 밑으로 들어가게 된 거지."

그의 입에서 나온 충격적인 말에 강지환이 멍한 얼굴이 되어 말했다.

"다, 당신마저?"

"조금만 더 했으면 이길 수 있었을 것 같았는데 말이지… 도무지 그 조금이라는 격차가 좁혀지지 않더군. 마치 그 자가 그 조금의 격차를 일부러 유지하고 있는 것처럼 느껴질 정도로 말이야. 수없이 많은 세월을 살아왔지만 그런 자는 처음이었네. 그래서 패배자로서 죽는 대신 그의 계획에 동참해보기로 했지."

"그의 계획이라면?"

"아? 그건 비밀이라네. 허허허허. 혹시 모르지 자네들이 나를 이긴다면 알려줄 수도. 아! 이 말은 알려주지 않겠다는 말과 같은 뜻이려나?"

그의 유들유들한 태도에 강지환은 분노했다. 자신

들의 편에 서서 그자와 싸워도 모자랄 판에 녀석에게 굴복하다니.

으득.

이를 갈며 전의를 불태우는 강지환의 앞을 막아선 여인이 매력적인 자태를 뽐내며 말했다.

"응?"

"당신은 제가 상대해 드리도록 하죠."

"허허허, 지환 자네가 벨루스의 마음에 쏙 들었나 보군 그래."

오르도를 향해 우아한 몸동작으로 인사를 건넨 그녀가 지환을 향해 턱짓을 했다.

자리를 옮기자는 뜻.

잠시 망설이던 지환이 그녀를 따라 몸을 날렸다.

그들이 자리를 비우고 난 뒤 유들유들한 웃음을 날리고 있는 오르도와 키가 크고 날렵해 보이는 사내를 번갈아 쳐다보던 장 루이가 자리를 떠났다.

그런 그의 뒤를 따라 마치 약속이라도 한 것처럼 장신의 사내가 몸을 날렸다.

남은 것은 오르도와 유건 뿐.

두 사람 사이로 칼날 위를 걷는 것 같은 긴장감이 흘렀다.

"역시 예상대로 자네가 나를 상대하는군."

"아, 뭐… 의도한 바는 아니지만 그렇게 됐네요?"

"호오~ 위축되지 않는 건가?"

조금전부터 의도적으로 자신의 힘을 서서히 개방하며 기세를 더해가던 오르도가 조금은 감탄한 눈빛으로 유건을 바라보며 말했다.

"그래야 하나요?"

"허허허허, 내 이런 곳에서 자네 같은 자를 만나게 될 줄은 정말 몰랐네. 좋군, 정말 좋아."

아예 작정하고 본 기세를 드러냈음에도 불구하고 유건의 모습이나 말투는 전혀 변함이 없었다.

그 사실이 무척이나 기꺼운 듯 이를 드러낸 채 웃음 짓던 사내, 오르도가 양팔을 자연스럽게 늘어뜨렸다.

흠칫!

그의 자세를 보자마자 알 수 없는 위기감을 느낀 유건이 그 즉시 롱기누스를 꺼내들고 방어 자세를 취했다.

"보기보다 감이 좋군 그래. 조금 거칠어도 이해해주게나 지난 번 패배로 조금 쌓인 게 많거든."

"오시죠."

"그건 언제나 내 대사였네만… 뭐, 그런 걸 따질 상

황은 아니군. 후훗, 그럼 가네."

터엉!

강하게 땅을 구른 오르도가 전광석화 같은 빠르기로 검을 내리 그었다.

언제 뽑아든 건지도 모를 만큼 매끄러운 일격이었다.

"이크!"

대기를 가르는 검에서 자연스럽게 만들어진 풍압을 따라 유건의 몸에서 만들어진 검은 장막이 펄럭거렸다.

종이 한 장 차이로 상대의 일격을 피해낸 유건이 그대로 창대를 휘둘러 그의 머리를 가격했다.

파캉!

창대를 가로막은 두터운 검날에서 전해져 오는 반발력에 양 손이 짜르르 울렸다.

'전력으로 간다!'

결코 쉽게 이길 수 없는 상대라는 것 정도는 단 일합을 나눴을 뿐임에도 분명하게 느낄 수 있었다.

유건이 의지를 굳게 다지자 신창 롱기누스가 그에게 호응하기라도 하듯이 가늘게 몸을 떨어댔다.

막대한 혼돈의 기운이 창대로 스며들었다.

창대를 타고 휘도는 혼돈의 기운의 여파로 인해 대기가 요동쳤다.

심상치 않다는 것을 느낀 오르도가 유건과의 거리를 벌렸다. 그리고 아무것도 없는 허공을 향해 손을 뻗어 황금빛 새가 그려져 있는 역삼각형 모양의 카이트 쉴드를 꺼내들었다.

고풍스러운 느낌이 물씬 풍기는 방패를 살짝 기울이자 그의 몸이 완전히 가려졌다.

'그대로 꿰뚫어주지!'

눈을 번뜩인 유건이 손아귀에서 벗어나기라도 할 것처럼 펄떡거리는 창대를 회전시키며 전면을 향해 강하게 내질렀다.

진각을 밟은 그의 왼발이 단단한 바닥을 뚫고 발목까지 파묻혔다.

빠가각!

살짝 기울어진 카이트 쉴드의 바깥 면을 타고 유건의 창이 미끄러졌다.

샛노란 불꽃들이 그 궤적을 따라 흩날렸다.

분명 꿰뚫겠다는 각오를 다지고 날린 일격이었다. 이렇게 쉽게 미끄러질 만큼 적당한 힘이 실린 것도 아니었다.

그렇다면 어떻게?

이는 신기와도 같은 오르도의 방패술 때문이었다.

현대에는 거의 사장되다 시피해서 전해지지 않는 전투 기술 중 하나인 방패술.

과거 방패가 검과 함께 짝을 이루어 필수적인 요소로 여겨지던 시기에 중점적으로 개발되고 연구되었던 전투 기술이었다.

조금 전 유건의 일격을 흘려낸 오르도의 방어는 그 방패술의 정점에 해당하는 기교를 보여준 한 수였다.

큰 기술을 사용하고 나면 반드시 허점이 뒤따르는 법.

방패 뒤에서 기회를 노리고 있던 오르도의 눈이 먹이를 발견한 맹수처럼 빛났다.

유건의 몸이 잠시 멈칫거린 순간 오르도가 앞으로 튀어나오며 강하게 몸을 휘돌렸다. 그의 몸을 따라 자연스럽게 회전한 방패가 유건의 몸을 후려갈겼다.

주인을 보호하기 위해 자연스럽게 이동한 어둠의 장막이 방패를 막아냈다.

그러나 그 충격으로 인해 유건의 몸이 잠시 비틀거렸다.

그 순간 빗살과 같은 오르도의 검격이 장막의 빈틈을 파고들었다.

철저히 상대의 목숨을 취하기 위해 발달된 실전 검술의 극치.

오르도의 동작 하나 하나에서 반드시 상대를 죽이겠다는 각오가 느껴졌다.

은은한 빛에 둘러싸여 있는 오르도의 검이 유건의 몸을 두르고 있는 어둠의 장막을 찢어발겼다.

가가각.

그로인해 빛살과 같은 빠르기로 날아들던 그의 검이 현저하게 느려졌다.

그사이 몸의 균형을 회복한 유건이 오른손에 응축시킨 혼돈의 기운을 오르도의 머리를 향해 쏘아 보냈다.

마치 공간을 도약하기라도 한 것처럼 빠르게 날아든 어둠의 탄환이 공중에서 터져나가며 비산했다.

'빠르군.'

그의 검이 자신이 쏘아 보낸 기운을 단숨에 베어내는 모습을 지켜본 유건이 나직이 감탄했다.

그와 동시에 손에 들린 창대를 뒤로 끌어당겼다.

유건의 주변을 휘감고 있던 어둠이 순식간에 창대

로 빨려 들어갔다.

창에서 발생한 그 엄청난 인력으로 인해 그로 인해 주변의 대기가 비명을 질러댔다.

"큭!"

유건이 날렸던 지르기를 한차례 경험한 오르도가 몸의 자유를 속박하려는 대기의 흐름을 뿌리치고 뒤로 몸을 날렸다.

그리고 물 흐르듯 자연스러운 움직임으로 방패를 들어 전면을 가렸다.

"꿰뚫어라!"

유건의 창대 끝에서 솟아난 거대한 검은 기운이 유건의 손짓을 따라 맹렬하게 소용돌이치며 오르도를 향해 날아갔다.

그와 동시에 그 뒤를 따라 유건이 몸을 날렸다.

주변의 대기를 짓누르는 강력한 압력으로 인해 몸을 가누기 힘들 정도였다.

일부러 억누르고 있었던 힘의 제약을 풀어버린 오르도가 한결 가벼워진 표정으로 방패를 살짝 기울였다.

유건이 쏘아 보낸 어둠의 기운이 그의 방패에 닿으려는 찰나 둔중한 충격이 방패의 하단부에서 느껴졌다.

그로인해 전과 같이 기운을 흘려보내려던 그의 시도가 무산되었다.

"이런!"

콰앙!

연이어 엄청난 충격이 전해졌다. 마치 꿰뚫어버리기라도 할 것처럼 사납게 몸부림치는 어둠의 기운에 저항하는 오르도의 표정이 일그러졌다.

그 짧은 대치의 순간.

우측으로 돌아선 유건이 조금 전 날려 보냈던 것보다 배는 더 강하게 응축된 혼돈의 기운을 오르도의 옆구리를 향해 쏘아 보냈다.

솜털을 곤두서게 만드는 상대의 힘에 이를 악문 오르도가 충격의 여파로 인해 얼얼한 손을 억지로 움직여 혼돈의 기운을 막아섰다.

다른 건 몰라도 상대가 운용하는 저 정체불명의 기운만큼은 막아야 했다. 오랜 세월 단련된 승부사로서의 감이 연신 위험하다고 경종을 울려댔기 때문이었다.

그를 긴장하게 만드는 기운을 수차례 막아냈음에도 불구하고 그의 방패에는 긁힌 흔적조차 남아있지 않았다.

'더럽게 튼튼하네.'

비록 내부에서 끊임없이 생성되는 기운이기는 했지
만 이를 아낌없이 쏟아 부었음에도 불구하고 모조리
막아내는 상대방의 방패가 무척이나 거슬리는 유건이
었다.

몸을 거의 다 가릴 정도로 크면서도 무척이나 단단
했다.

그리고 이를 사용하는 상대방의 움직임이 무척이나
자연스러웠다. 이는 상대가 방패를 이용하는 데에 있
어서 완숙의 경지에 다다랐다는 것을 의미했다.

게다가 눈으로 쫓기 힘들 정도로 정교하고 빠른 검
놀림까지… 실력이 비약적으로 상승한 지금의 유건에
게도 결코 만만한 상대가 아니었다.

그나마 다행인 것은 무한히 샘솟는 혼돈의 기운이
어느새 비어버린 내부를 가득 채우고 있다는 것이었다.

마치 아무 염려하지 말고 싸우라고 자신을 격려해
주는 것만 같았다.

'좋았어!'

그가 결심한 순간 그의 몸에서 피어오르던 어둠의
장막이 서로 뭉치며 커다란 열두 장의 날개를 만들어
냈다.

극도로 압축된 그 날개들에게서 미묘한 진동이 사방으로 울려 퍼졌다.

서로 뭉쳤다가 풀어지는 혼돈의 기운들에게서 뻗어나오는 파장에 주변의 대기가 서서히 일그러지기 시작했다.

'이건?'

눈앞의 광경이 일그러지는 것을 느낀 오르도가 눈을 깜빡거리며 기운을 끌어올렸다.

'사술이 아니었나?'

온갖 사이한 주술들과 마법들을 경험했던 오르도였기에 자신의 시야를 어지럽히는 현상이 그와 비슷한 종류의 것이라고 여겼다.

보통 이런 것들은 그가 지니고 있는 신검 엑스칼리버의 기운과 상극인 경우가 많아서 쉽게 물리칠 수 있었다.

그러나 검에 서린 기운이 시야를 밝게 해주었음에도 불구하고 유건의 주변 공간은 여전히 일그러져 보였다.

'설마 저자를 둘러싼 기운이 대기에 간섭을 일으킬 정도로 강력하다는 건가?'

의문은 곧 행동을 낳았다. 직접 확인해 보는 것이

가장 확실한 방법이라는 것을 지난 오랜 세월의 경험을 통해 깨달은 오르도가 즉시 땅을 박찼다.

엄청난 참격!

대지가 갈라지고 그 주변 지형이 변할 정도의 충격파가 유건의 몸을 가르고 지나갔다.

'허상?'

그러나 손에 걸리는 느낌은 사람을 베었을 때의 그것과 판이하게 달랐다.

'그럼 내가 벤 것은?'

뒤를 돌아본 오르도는 그 해답을 즉시 알아차릴 수 있었다.

노도와 같이 일어난 어둠의 기운이 그를 향해 떨어져 내리고 있었기 때문이었다.

혼돈의 기운을 가득 품은 열두 장의 날개가 활짝 펴진 채로 그를 향해 사방에서 날아들었다.

전후좌우 어느 방향으로도 피할 곳이 없었다.

순식간에 상황을 파악한 오르도가 팡패로 전면을 가리고 나직이 주문을 영창했다.

이제는 사라져 흔적만 남아있는 고대의 룬어가 그의 입에서 흘러나왔다.

그러자 방패 안에 숨어있던 기하학적인 문양에서

빛이 흘러나와 그의 온 몸을 찬란한 황금빛으로 감싸 안았다.

그 직후 맹렬하게 소용돌이치는 어둠이 그의 온 몸을 감싸 안았다.

소용돌이치는 어둠에 휩싸인 상대방을 무심한 눈으로 쳐다보고 있던 유건이 어느새 충만하게 차오른 혼돈의 기운을 느끼며 이를 모조리 창대에 밀어 넣었다.

마치 신체의 일부와 같이 모든 감각을 공유하는 검은 장막에서 상대방이 여전히 건재하다는 사실이 전해져왔기 때문이었다.

상대방이 도저히 튕겨낼 수 없을 만큼 강하게 찌른다!

유건의 의지가 신창 롱기누스에게 전해졌다. 그의 강렬한 의지에 화답하기라도 하듯이 혼돈의 기운을 가득 머금은 창대가 강하게 진동했다.

창신일체(槍身一體).

서서히 걷히는 어둠의 구 사이로 새어나오는 황금빛을 향해 몸을 날린 유건이 한줄기 검은 화살이 되어 쇄도했다.

주변으로 밀려난 대기로 인해 자연스럽게 거대한 원통의 길이 만들어졌다.

마찰력 제로.

눈에 보이지 않을 정도의 속도로 쇄도하는 검은 화살이 황금빛을 내뿜고 있는 오르도의 방패를 가격했다.

콰아앙!

엄청난 굉음과 함께 단단히 뭉쳐있던 황금빛이 산산이 부서져 공중으로 흩날렸다.

그 사이로 반쯤 날아간 방패를 부여잡고 있는 오르도의 모습이 드러났다.

낭패스러운 얼굴로 자신의 방패와 상대를 번갈아 쳐다보던 그가 바닥으로 천천히 내려섰다.

무척 아쉬운 얼굴로 방패를 내려다보고 있던 그가 천천히 입을 열었다.

"오랫동안 내 곁을 지켜준 아이인데 이렇게 보내게 될 줄은 몰랐군."

그의 말이 끝나기 무섭게 방패가 점차 빛을 잃어 가는가 싶더니 이내 가루가 되어 흩날렸다.

"그간 셀 수 없이 많은 전설의 무구들을 만났고, 또 파괴해나갔었지. 자신이 들고 있던 그 무구가 산산조각 나는 모습을 바라보는 상대의 허망한 표정이 이제야 이해가 가는군."

오랜 시간 자신의 곁을 지켜주었던 무구의 마지막을 아쉬워하기라도 하듯이 씁쓸한 표정으로 빈손을 내려다보고 있던 그가 유건을 향해 고개를 돌렸다.

"그 창, 롱기누스의 창인가? 모습이 조금 달라져서 금방 알아보질 못했어. 마지막 가는 길에 상대한 녀석이 롱기누스라는걸 알았다면 녀석도 조금은 덜 아쉽겠군."

"이 창을 아나?"

"왜 모르겠나? 전설의 무구들 중에서 공격력에 있어서만큼은 최고로 손꼽히는 녀석을. 나랑은 상성이 안 맞아서 이웃나라 왕에게 선물로 건넸었지."

그의 말에 답하기라도 하듯이 가늘게 몸을 떨어대던 롱기누스의 창에서 환한 빛이 새어나왔다. 그리고 이내 반투명한 형체를 지닌 사내의 모습을 만들었다.

– 오랜만이군. 기사들의 군주 오르도여.

유건은 그 모습이 신창 롱기누스의 참된 모습이라는 것을 그 즉시 깨달을 수 있었다.

모습을 외부로 드러내는 것이 쉬운 일은 아닌 듯 자신의 힘을 계속해서 게걸스럽게 먹어치우고 있었기 때문이었다.

"반갑다, 롱기누스여. 무수히 많은 주인들을 죽음으로 몰고 간 네가 이번 희생양으로 선택한 것이 저 혼돈의 군주인가?"

― 내가 그들을 죽음으로 몰고 간 것이 아니다. 그들이 지나치게 약했을 뿐.

"훗, 그런가? 지금의 주인은 무척이나 마음에 드는 모양이군. 덕분에 내 오랜 친우였던 그리프스와 제대로 된 대화도 못하고 헤어지게 됐지 뭔가."

― 그가 자네에게 그동안 함께여서 기뻤다고 전해달라더군.

롱기누스의 말에 오르도가 놀랍다는 듯 말했다.
"설마 그의 마지막 말을 전해주기 위해 이렇게 직접 본체를 드러낸 건가? 이거 감동인 걸?"
오르도의 말에 자신이 모르는 무언가가 있다는 사실을 눈치 챈 유건이 즉시 마음속으로 롱기누스에게 말을 걸었다.

'롱기누스, 혹시 내가 모르는 무언가가 있나?'

'내가 본체로 현현하기 위해서는 막대한 에너지가 필요하기도 하지만 이 상태로 죽임을 당하게 되면 다시는 예전으로 돌아갈 수 없다.'

'그가 놀란 게 그 때문이었군. 알았다.'

대화를 마친 유건이 만에 하나 있을 위험을 미연에 방지하기 위해 롱기누스의 앞을 가로막았다.

그런 그의 행동을 보고 오르도가 헛웃음을 흘리며 말했다.

"설마 내 친우의 마지막 인사말을 건네주기 위해 모습을 드러낸 롱기누스에게 내가 위해라도 가하리라 여긴 건가? 나 이 오르도가?"

그의 몸에서 지금까지와 비교할 수 없을 만큼 강력한 기파가 뿜어져나오기 시작했다.

유건의 도움을 빌어 모습을 구현했던 롱기누스가 인상을 찌푸리며 말했다.

— 조심해라, 유건. 저자의 힘은 이게 다가 아닐지니.

그 말을 끝으로 롱기누스가 일시적으로 만들어낸

218

형체가 흩어졌다.

창대를 거머쥔 유건의 등 뒤로 다시금 열두 장의 검은 날개가 뻗어 나왔다.

혼돈의 기운으로 주변의 대기를 진감시키고 있는 유건을 바라보며 오르도가 이를 드러냈다.

누가 먼저랄 것도 없이 동시에 달려든 두 사람이 가운데 지점에서 강렬하게 격돌했다.

섬에 자리 잡고 살아가던 수많은 동물들이 두려움에 고개를 파묻은 채로 떨어댔다.

·   ♈   ·

쿠오오오.

저 멀리서 전해지는 폭음과 그 충격의 여파가 대기를 타고 은은하게 전해져왔다.

"꽤나 화려하게 싸우는 군 그래. 안 그런가?"

시종일관 말 한마디 없이 과묵하게 서있던 자라고는 믿을 수 없을 만큼 유들유들한 태도와 말투였다.

그를 마주한 채 서있던 강지환의 주변으로 서리가 내리기 시작했다.

"꽤나 여유롭군? 이 내가 우습게 보인다 그건가?"

주변의 대기가 무겁게 내려앉았다. 입에서 나오는 뜨거운 공기가 순식간에 식어버렸다.

자신의 피부에 얇게 내려앉은 살얼음을 가볍게 털어내던 사내가 이를 드러내며 웃었다.

"이런 잡스러운 능력을 사용하는 녀석들은 대게 별볼일이 없었거든."

"그렇군, 나를 쉽게 처리할 수 있을 거라 생각하고 이동하는 도중에 상대를 바꾼 건가?"

분노한 지환의 말에 그의 맞은편에 서서 천천히 목을 돌리고 있던 사내가 대답했다.

"너 정도는 쉽게 물어 죽일 수 있거든."

파앙!

서리가 내려앉아 단단해진 땅이 깊이 파일 정도로 강하게 땅을 박찬 사내가 날아들어 지환의 목덜미를 향해 이를 드러냈다.

카득.

사람의 입에서 들리는 소리라고는 믿기 힘든 굉음이 맞물린 그의 입에서 울려났다.

자신의 지척에서 울려 퍼진 소름끼치는 소리에 인상을 찌푸린 지환이 공중에 만들어낸 얼음길을 따라 유려한 몸짓으로 뒤로 몸을 빼냈다.

바닥에 내려선 그가 전면에 수없이 많은 얼음 송곳을 만들어냈다.

"그대로 사라져버려라!"

셀 수 없을 만큼 많은 얼음 덩어리가 사내를 향해 몰아닥쳤다.

"크허허헝!"

거대한 얼음덩어리 뒤편에서 맹수의 울부 짖음같은 괴성이 울려 퍼졌다.

파아앙!

사방으로 비산한 얼음덩어리들 사이로 비교적 멀쩡해 보이는 모습의 사내가 천천히 걸어 나왔다.

진즉부터 그가 멀쩡하다는 사실을 알고 다음 일격을 준비하고 있던 지환의 손이 눈부신 청광으로 물들었다.

"영원히 얼어붙어 버려랏!"

시간이 오래 걸리기는 하지만 일단 발동만 되면 지구상에 존재하는 모든 것들의 시간을 영원히 멈춰버릴 수 있는 극한의 일격이 그의 손에서 발출됐다.

여유롭게 걸어나오던 사내가 자신을 향해 날아드는 범상치 않은 일격에 양손을 교차해서 앞을 가린 채로 몸을 웅크렸다.

'설마 저걸 버텨내겠다는 건가?'

쿠오오오!

대기가 울부짖었다.

엄청난 냉기를 품은 바람이 사방으로 휘몰아쳤다. 주변의 대지가 모조리 새하얗게 얼어붙었다.

그 가운데 온 몸에 하얀 서리가 내려앉은 사내가 반쯤 얼어붙은 채로 굳어있었다.

그런 상대의 모습을 가만히 주시하던 지환이 가볍게 숨을 내쉬며 자세를 풀었다.

"끝났군."

느껴지던 기세에 비해서 조금은 싱겁게 느껴지는 결말이었다.

그가 유건이 있는 곳을 향해 몸을 날리려는 순간 귀에 거슬리는 파열음이 들려왔다.

그에게 있어서 무척이나 익숙한 얼음이 갈라지며 내는 소리였다.

'설마?'

조금씩 생겨나던 균열이 급속도로 퍼져나가며 그의 몸을 뒤덮고 있던 얼음이 순식간에 깨져나갔다.

"크흐흐흐, 이번 건 제법 짜릿했다."

멀쩡한 상대의 모습에 충격을 받은 듯 멍하니 그를

222

바라보고 있는 지환이 입을 열었다.

"어, 어떻게 그렇게 멀쩡할 수가 있는 거지?"

"아, 물론 이번 공격은 잔재주 치고는 무척 훌륭했어. 자부심을 가져도 좋을 만큼. 다만, 상대가 나빴을 뿐이야. 나는 무척이나 뜨거운 사내거든 크크크크."

"뜨겁다고?"

그제야 지환은 상대의 몸 안에서 느껴지는 미지의 기운의 정체를 알아차릴 수 있었다.

"내 몸에 흐르고 있는 피는 무척이나 뜨겁지. 그 덕분에 어지간한 잔재주들로는 피해를 주기 힘들 거야. 그러니 날 쓰러뜨리고 싶다면 이걸 가지고 덤비라고."

주먹을 들어 올리며 비릿하게 웃는 사내의 모습에 지환의 등줄기로 굵은 땀방울이 흘러내렸다.

그에 관해 전해들은 기억이 서서히 수면 위로 떠올랐다. 조금씩 피어오르기 시작한 기억들이 서로 맞물리며 점차 명확해지기 시작했다.

'모든 짐승들의 군주, 베스티아.'

그 어떤 마법이나 이능을 무력화시키는 사내. 모든 뜨거운 피를 가진 짐승들의 왕.

오로지 지닌바 순수한 무력으로 저 북방의 드넓은 땅을 정복하고 다스리는 절대 군주.

'어느 순간 모습을 감춘 이후 다시는 모습을 드러내지 않아 죽었다고 알려졌던 사내가 대체 여기는 어떻게?'

그의 머릿속이 빠르게 돌아가는 사이 온 몸에 묻어 있던 얼음 알갱이들을 털어낸 사내가 입을 열었다.

"얼굴을 보아하니 나에 대해 전해들은 바가 있나보군."

"그, 그렇소. 모든 짐승들의 군주, 베스티아여"

"호오~ 말투가 조금 바뀌었네? 그냥 하던 대로 하라고, 그게 자연스러우니까."

"생각하기만 해도 아찔해질 만큼 까마득한 옛날부터 왕으로 존재했던 이에게 그 정도 존칭은 어렵지 않으니까. 뭐, 굳이 편하게 하라는데 어렵게 대할 필요는 없겠지."

금방 태도를 바꾸는 지환의 모습에 사내 베스티아의 굵은 눈썹이 꿈틀거렸다.

"호오~ 너, 의외로 호탕한 구석이 있구나. 조금은 마음에 드는데?"

"그럼, 자리 좀 비켜줄 텐가?"

"그건 좀 어렵지. 이래 뵈도 나는 제법 충직한 수하라고."

"수하? 당신 같은 자가 어째서 그자의 수하를 자처하는 거지?"

지환의 물음에 한차례 입맛을 다신 사내 베스티아가 대답했다.

"간단해, 싸웠고, 내가 졌다. 그래서 죽음 대신 그 사내가 가고자 하는 길에 함께 하기로 했지."

"가고자 하는 길?"

"그래. 나랑은 아예 그 스케일이 다르더라고. 당최 이길 수가 없겠더라. 그래서 그냥 그 사내의 뒤를 따르기로 했지. 그러다 보면 그가 도착하는 그곳에 나도 발을 디딜 수 있을 것 같아서 말이야."

"그런가?"

상대의 솔직한 답변에 고개를 끄덕이던 지환이 다시금 전의를 불태우며 능력을 끌어올렸다.

"그렇다면, 이 싸움 피할 수 없겠군."

"당연한거 아닌가?"

"와라!"

"얼마든지!"

수없이 날아드는 얼음 창을 부수며 전진하는 사내 베스티아의 눈이 붉은 색으로 번들거리기 시작했다.

그러자 그의 주변을 둘러싼 대기가 이지러지며 서

서히 끓어오르기 시작했다.

"이익, 절대빙벽!"

서서히 거리가 좁혀지자 위기감을 느낀 지환이 거대한 빙벽을 소환했다.

수많은 세월동안 켜켜이 쌓여 만들어진 만년설의 단단함이 그곳에 있었다.

"그대로 부숴주지!"

쿠우웅!

둔중한 울림과 함께 전면에 만들어진 거대한 빙벽 안으로 사내의 주먹이 파고들었다.

막대한 수증기가 피어오르며 절대로 무너지지 않을 것 같았던 빙벽에 서서히 구멍이 뚫리기 시작했다.

"헉!"

그동안 무수히 많은 결전을 통해 그 절대적인 방어력을 체험한 지환의 입에서 헛바람 들이키는 소리가 들려왔다.

"마, 말도 안 돼!"

굳건하게 믿어왔던 무언가가 무너질 때 사람은 당황하기 마련이다.

이는 오랜 기간 동안 전장을 누비며 숱한 이들과 이

능을 겨뤄왔던 지환에게도 마찬가지였다.

그 찰나의 틈이 결정적인 실수로 이어졌다.

퍼어억!

순식간에 지환의 전면에 모습을 드러낸 베스티아의 묵직한 주먹이 그의 아랫배에 꽂혔다.

"커헉!"

항상 몸에 두르고 다니던 얼음 갑옷(Frozen armour)이 산산이 부서져 나갔다. 그의 몸 주변으로 반짝거리는 얼음 알갱이들이 비산했다.

"새끼, 잔재주 부리기는."

주먹에 틀어 박혀있는 얼음 조각들을 털어낸 베스티아가 한참을 날아가 바닥에 처박힌 지환을 향해 천천히 걸어갔다.

"크학~! 커헉! 컥컥. 쿨럭….."

속에 든 것을 모조리 게워낸 지환이 붉게 충혈된 눈을 들어 자신에게 다가오는 상대를 바라보았다.

'위, 위험해.'

생명의 위기를 느낀 그가 다급하게 이능을 끌어올렸다.

"아이스 미러(Ice Mirror)!"

피 섞인 외침과 동시에 그의 주변으로 맑고 투명한

수십 수백 개의 얼음 거울들이 생겨나 빼곡하게 주변을 뒤덮었다.

그로인해 일어난 빛의 왜곡 현상으로 수많은 지환의 모습이 사방을 가득 채웠다.

시간 벌이.

단순한 시간 벌이용으로 만들어낸 것이긴 했지만 그 정교함이나 규모면에서 있어서는 타의 추종을 불허 할 만큼 대단한 기교였다.

이를 바라보고 있던 베스티아는 속으로 나직이 감탄했다.

'잔재주도 저 정도면 인정하지 않을 수가 없잖아?'

아무리 그라고 해도 불의의 일격에 상처를 입지 않는다는 보장은 없었기에 걸음을 내딛는 그의 발걸음이 조금전에 비해 한결 조심스럽게 변했다.

사방을 다양한 각도로 뒤덮은 얼음 거울들이 수없이 많은 지환의 모습들을 보여주고 있었다.

"애송이! 그렇게 쥐새끼처럼 숨어다니는 게 네놈의 싸움 방식이었나?"

사방이 쩌렁쩌렁 울릴 만큼 커다란 고함소리에 그에게서 벗어나기 위해 반쯤 마비된 몸을 이끌고 부지런히 움직이던 지환의 몸이 휘청거렸다.

'단 일격에 이 지경이라니….'

입가에 흐르는 핏물을 닦아내던 지환이 피식 웃음을 터트렸다.

가만히 생각해보니 상대의 공격을 허용한 것이 처음 실전에 나가서 당황하다가 오크의 몽둥이에 얻어맞은 이후로 처음인 것 같았다.

실제 그와 같은 S급의 이능을 각성한 대원들은 육체적인 단련보다는 이능의 보다 효율적인 사용을 위해 훈련에 있어서 대부분의 시간을 할애하게 된다.

물론 일반인들에 비하면 이능의 각성을 통해 자연스럽게 강화된 신체도 무척이나 뛰어난 편이었지만, 지금의 상대처럼 철저하게 자신의 신체를 갈고 닦은 이들에 비하면 어린아이만도 못한 상태였다.

그나마 만일을 대비해 몸 주변에 둘러놓은 눈에 보이지 않을 정도의 고운 얼음 알갱이들로 구성된 갑옷이 없었다면 그 일격에 즉사했을지도 모를 만큼 전해진 충격은 거대했다.

어떤 원리로 자신의 이능을 견뎌내는지에 대해서는 아직까지 명확하게 파악하지 못했지만 조금만 더 시간이 지나면 분명한 해법을 발견할 수 있으리라는 막연한 자신감이 생겨났다.

오랜 실전을 통해 갈고 닦은 그의 감각이 그가 무언가 중요한 사실을 놓치고 있다고 계속해서 알려왔기 때문이었다.

적어도 안개가 낀 듯 모호한 그것의 정체를 명확하게 알게 되기까지 버텨야했다.

그가 휘두르는 주먹질에 수많은 얼음 거울들이 산산조각나 사방으로 비산했다.

그 가운데 부지런히 몸을 움직이는 지환의 모습을 곳곳에서 확인할 수 있었다.

작은 얼음 조각부터 큰 조각에 이르기 까지 사방에서 드러난 너무나 많은 지환의 모습에 현기증이 일어날 지경이었다.

"크아아악! 이 쥐새끼 같은 놈! 당장 나타나지 못해?"

쩌엉!

소리를 지르던 베스티아의 뒤쪽에 자리한 얼음 거울이 깨져나가며 그 사이로 지환이 모습을 드러냈다.

"반격의 시간이야!"

터어엉!

청광을 발하는 얼음으로 온몸을 뒤덮은 지환의 주먹이 베스티아의 복부에 틀어박혔다.

가죽 북 터지는 것 같은 소리와 함께 기역자로 몸이 꺾인 베스티아의 눈이 부릅떠졌다.

"컥!"

그의 오랜 삶 가운데서도 손에 꼽힐 정도로 강력한 일격이었다.

'어떻게 저 녀석이 이런 공격을?'

어금니를 강하게 다물며 온 몸으로 퍼져나가는 한 기와 충격의 여파를 버텨낸 베스티아가 쓰러지려던 몸을 억지로 일으켜 지환을 향해 주먹을 내질렀다.

터억!

그의 주먹이 지환의 손에 붙잡혔다.

동시에 그의 주먹을 타고 한기가 그의 온 몸을 따라 퍼져나갔다.

"만년설의 무거움을 알고 있나?"

"뭐?"

뿌득!

반쯤 얼어붙은 상대의 팔을 모로 꺾으며 그의 품 안 으로 파고든 지환이 그의 복부에 손바닥을 가져다 댔 다.

"뼛속까지 얼어붙어라!"

쩡! 쩌엉! 쩡!

그의 손바닥을 중심으로 퍼져나간 극한의 기운이 베스티아의 몸을 비롯해서 그 주변의 땅과 대기마저 모조리 얼려버렸다.

이능을 각성한 대원이 자신의 코드명과 장기의 이름이 같다는 것은 곧 그가 지닌 힘의 능력이 다른 어떤 것으로도 표현이 불가할 만큼 강력하다는 것을 의미했다.

본래 드넓은 공간에서 다수를 상대로 사용하던 그의 필살기가 한곳으로 집중되어 베스티아 한사람을 향해 퍼부어졌다.

순식간의 그의 몸과 그 속에 흐르고 있던 피, 그리고 세포 하나하나까지 모조리 얼어붙었다.

생명의 근간을 이루는 모든 것을 정지시켜버리는 그의 이능이 보여준 놀라운 광경에 경의를 담아 붙여준 이름이 바로 '아이스 에이지(Ice Age)!' 였다.

말 그대로 베스티아를 중심으로 눈이 닿는 모든 곳에 때아닌 빙하기가 도래했다.

거대한 얼음덩어리로 화한 베스티아를 가만히 바라보고 있던 지환이 이내 경계를 거두고 유건을 향해 걸음을 옮겼다.

"헉헉헉헉."

과도한 이능의 사용으로 인해 온 몸이 두드려 맞기라도 한 것처럼 아파왔다.

비틀거리며 걸음을 옮기는 그의 귓가에 얼음이 갈라지는 파열음이 들려왔다.

'서, 설마?'

급격하게 고개를 돌린 그의 두 눈에 거대하게 솟아난 얼음 기둥에 퍼져나가기 시작한 균열들이 가득 들어찼다.

　　　　　・　▾▾　・

적당한 공터에 내려선 장 루이는 자신을 따라온 이가 처음의 그 사내가 아닌 여인이라는 사실에 조금 의아한 빛을 띠며 그녀를 바라보았다.

그의 시선을 의식한 것인지 의도적으로 가슴의 볼륨이 더 돋보이게 자세를 모로 튼 그녀가 얕은 비음이 섞인 목소리로 말을 건넸다.

"왜? 처음의 상대가 아니어서 실망했나요?"

"아니, 누구든 상관없다. 애초에 부수고 지나가야 할 적일뿐이니까."

"흐응~ 무척이나 터프한 사내로군요. 당신은…."

말을 늘어뜨리며 장 루이의 전신을 천천히 훑어보던 그녀가 붉게 번들거리는 입술을 살짝 핥으며 말을 이었다.

"그 입에서 살려달라는 비명이 흘러나오는 걸 듣고 싶어지는데요?"

그 말이 끝나는 것과 동시에 일반인이라면 그 자리에서 심장마비가 걸려 즉사할 만큼 농도 짙은 살기가 뭉클 거리며 피어올랐다.

오랜 세월동안 수많은 전장을 누벼왔던 장 루이 조차 인상을 찌푸릴 만큼 강력한 살기였다.

마치 거대한 독사 한 마리가 독니를 드러낸 채로 자신의 온 몸을 샅샅이 훑어보는 것만 같았다.

쿠웅!

서서히 몸을 옥죄어 오는 미지의 기운을 단숨에 날려버리기라도 하듯이 강하게 땅을 구른 장루이의 몸에서 아지랑이 같은 기운이 흘러나오기 시작했다.

"오세요."

"그럼, 사양 않고 내가 먼저 가지."

가볍게 손을 까닥 거리며 도발하는 여인을 향해 장루이가 쇄도했다.

마치 거대한 대포알이 쏘아져나가는 것처럼 그를

중심으로 격렬한 바람이 몰아쳤다.

"어머? 거칠기도 하셔라."

눈웃음을 지으며 가볍게 손을 털어낸 그녀의 전면에 각종 룬어들로 빼곡하게 채워진 마법진이 모습을 드러냈다.

터어엉!

그 순간 그녀의 복부를 향해 주먹을 뻗어내던 장 루이의 신형이 반대 방향으로 튕겨져 나갔다.

"대단한데요? 자칫 계산을 잘못했으면 뚫릴 뻔 했네요. 이거 우습게보다가는 제가 당할지도 모르겠어요."

손을 휘저어 마법 수식을 정리하며 전해져오는 반발력을 날려버린 그녀가 장 루이가 보여준 한 수에 담긴 거력에 놀란 듯 눈을 치켜뜨며 감탄을 터트렸다.

그녀의 시선이 닿는 곳의 끝자락에서 모습을 드러낸 장 루이는 무표정한 얼굴과 달리 여기 저기 찢겨져 나간 옷자락이 너덜거리고 있었다.

그녀가 선보인 마법은 공격해 오는 상대의 힘에 더해 배는 더 강한 힘으로 되돌려 보내는 반격마법의 일종이었다.

일반적인 방어 마법보다 한 차원 더 높은 수준의 마법이었기에 누구나 쉽게 구사할 수 있는 성질의 것이 아니었다.

'흐응, 반발력이 상상 이상이네.'

남성위주로 대표되는 마법사들과 달리 마녀라고 통칭하는 여자 마법사들은 가뜩이나 여성의 인권이 바닥을 달리던 고대의 사회 속에서부터 기연에 가까운 만남들을 통해 마도의 한 자락을 얻게 된 이들로 구성되어왔었기에 그 명맥을 이어나가기가 쉽지 않았다.

그렇게 수많은 비전들이 실전되다시피 한 상태에서 마법사들의 의도적인 견제 속에서 역사의 뒤안길로 사라질 뻔한 마녀의 위상을 공고하게 다진 사람이 바로 그녀였다.

고대로부터 이어져 내려오던 비전을 스스로의 능력으로 터득해내고 성인식을 치루기도 전에 자신을 범하려던 한지역의 영주와 그 휘하의 기사단을 모조리 도륙해버린 희대의 마녀 벨루스가 바로 그녀의 정체였다.

그 이후 모처에 모습을 숨긴 채 실력을 키우는데 전념하던 그녀가 다시금 모습을 드러낸 것은 그로부터 정확히 10년의 세월이 흐른 뒤였다.

그리고 그녀는 혼자의 몸으로 수많은 기사들과 마법사들 그리고 마도의 비전을 각자의 방식대로 이어 내려왔던 역사의 이면에 자리 잡은 자들과 전쟁을 벌였다.

모두의 예상을 뒤엎고 그 전쟁은 그녀의 승리로 서서히 기울어져갔다. 그 누구도 해석해내지 못했던 수많은 고대의 마법들로 무장한 그녀를 막을 수 있는 이는 아무도 없었다.

기사왕 오르도가 자신의 친우였던 대마법사 멀린의 간곡한 부탁을 받고 마지못해 나서지 않았다면 아마도 유럽의 역사는 다르게 쓰여 졌을 터였다.

기사왕 오르도에게 패한 뒤 자취를 감춘 그녀가 수백 년의 세월을 격하고 장 루이의 앞에 나타난 것이었다.

시간을 다루는 마법을 깨우치고 난 뒤 필멸의 존재로부터 벗어난 그녀였기에 눈앞에서 자신을 향해 천천히 다가오고 있는 장 루이라는 존재에게 짙은 호기심을 느낄 수 밖에 없었다.

그의 이능은 모든 물리적 데미지에 대한 면력. 이 놀라운 이능으로 인해 철벽의 가디언(Impregnable Guardian)이라 불리는 사내가 바로 장 루이였다.

다른 이들과 달리 그녀는 그가 각성한 능력이 단순한 물리적 데미지를 무시하는 것뿐만 아니라 시간과 관계되어 있다는 것을 눈치 챌 수 있었다.

그렇기에 이동하는 도중에 상대를 바꿔줄 것을 요청한 것이었다.

'충격이 가해지는 시간 자체를 정지시켜버리는 건가? 의도적으로 사용하고 있는 것 같지는 않아 보이는데….'

"흐음~"

생각을 정리하던 그녀가 보기 좋게 파인 보조개를 만들어 보이며 매력적인 웃음을 날렸다.

"뭐, 두들기다 보면 좀 더 명확해지겠죠."

"뭐라고 혼자 중얼거리는 건가?"

"아? 이걸 말하려던 중이었어요. 부디 쉽게 죽지 마세요."

그녀의 말이 끝나기 무섭게 장 루이를 둘러싼 채 전 사방에서 빛나는 마법진들이 모습을 드러냈다.

각기 다른 마력의 흐름을 가진 수많은 마법진들이 발하는 빛줄기 속에서 장 루이의 거대한 몸체가 가려져 보이지 않을 정도였다.

"그럼 요리를 시작해 볼까요?"

그녀의 손짓과 동시에 셀 수 없을 만큼 다양한 종류의 마법들이 장 루이를 향해 쏟아져 내렸다.

그 어느 것 하나 만만하게 볼 수 없을 만큼 강렬한 마법들이었다.

"크윽!"

앞이 보이지 않을 만큼 강렬한 빛줄기들의 향연에 감탄할 틈도 없이 장 루이는 온 몸을 강타하는 충격에 침음성을 흘렸다.

모든 물리 데미지에 대한 면역.

자신이 자각한 이능에 대한 평가였다. 그러나 그는 이 평가가 자신의 모든 능력을 정확하게 말해주고 있다고 생각하진 않았다.

싸움이 이어질수록 그는 자신의 이능이 다른이들과 어딘가 많이 다르다는 사실을 깨달을 수 있었다.

필연적인 깨달음.

그를 이끈 것은 마치 어린아이가 걸음마를 배우기 위해 쉬지 않고 팔다리를 놀리듯이 힘의 본질을 찾아가게 만드는 그의 본능이었다.

무언가 안개에 싸인 것처럼 잡힐 듯이 잡히지 않았던 깨달음의 순간이 전혀 의도하지 않은 이 순간 그의 뇌리를 강타했다.

멈춘다.

자신에게 가해진 충격의 순간을 멈춘다.

그리고 그 동결된 시간의 흐름을 자신만이 비껴간다. 이를 통해 자신은 그 어떤 충격도 해소 할 수 있는 강철의 사나이로 화하게 되는 것이었다.

모든 물리 데미지를 극복해낸 것이 아니라 비껴낸 것이었다.

눈 한번 깜빡일 시간을 수백 수천 번 나누어야 겨우 가늠할 수 있는 정도의 찰나.

그 짧은 순간에 이루어진 이 모든 과정을 낱낱이 들여다보지 않고서야 그가 지닌 힘의 본질이 시간의 흐름과 관계되어 있다는 사실을 알아차리기는 불가능했다.

그렇기에 그 스스로 조차 다른 이들과 같이 자신의 이능을 단순화 시켜 굳게 믿어왔었던 것이었다.

시간의 흐름을 비껴간 말로 설명할 수 없는 그곳에서 장 루이는 자신의 이능이 정확히 어떤 것을 말하는 것인지 비로소 명확하게 인지 할 수 있었다.

'비껴간다.'

시간의 흐름을 비껴간 그의 몸은 원래대로라면 각종 마법들의 향연에 바쳐진 제물처럼 너덜너덜하게 찢겨져 나갔어야 마땅했으나 상처하나 없이 깨끗한 형태를 고스란히 유지하고 있었다.

그의 의지가 잠시간 멈춰있던 시간의 흐름에 자유를 부여하자 곧이어 엄청난 폭음이 그의 귀를 어지럽혔다.

"응? 당신 뭐죠?"

미리 계산된 수식에 의해 시전한 본인조차 모두 파악하기 힘들 정도의 마법진을 만들어내는 고대 마학의 절정인 무한 마법진을 발동시켰던 벨루스는 그 가운데 발생한 묘한 이질감을 발견하고 그 즉시 뒤로 몸을 날렸다.

절체절명의 위기!

아니나 다를까 그녀가 방금 전까지 서있던 곳으로 장 루이가 떨어져 내리며 주먹을 내리 꽂았다.

퍼어엉!

땅거죽이 뒤집힐 정도의 괴력.

등골이 서늘해진 그녀 벨루스가 다급히 보호 마법진을 발동시킨 채 흔들리는 눈으로 땅속에 틀어박힌 팔을 끄집어내고 있는 사내 장 루이를 쳐다보았다.

"대, 대체 뭘 어떻게 한거지?"

그녀는 자신의 인지 범위를 까마득하게 넘어선 장

루이의 무시무시한 일격에 깊은 두려움을 느꼈다.

그녀가 오랜 세월을 들여 깨달음의 경지에 다다른 것은 고대 마학의 정수였다.

그런 그녀였기에 그녀의 인지 범위조차 범인과는 차원을 달리할 만큼 다차원적인 영역에 다다라 있었다.

그런 그녀의 인식 속에서 비록 순간이긴 했지만 장 루이의 존재가 사라졌다.

만약 본능의 경고를 따라 급히 자리를 뜨지 않았다면 아마도 지금쯤 자신은 형체조차 알아볼 수 없는 고기 덩어리가 되어 바닥을 굴러다니고 있었으리라.

"놀랐나? 그거 참 유감이군, 하지만 이해해라, 놀란 건 너뿐만이 아니니까."

처음으로 그는 자신이 각성한 이능의 본질을 깨닫고 정확한 방법으로 이를 발현했다.

이는 마치 그동안 몸에 맞지 않는 옷을 억지로 입고 다니다가 비로소 처음으로 맞춤 정장을 입게 된 것과 같은 자연스럽고 편안한 느낌을 전해주었다.

그제야 그는 그동안 자신이 얼마나 어리석은 방법으로 이능을 발현시켜 왔었는지를 깨달을 수 있었다.

시간의 지배자(Time Ruler)

오랜 시간 잠들어 있다가 비로소 온전히 자각한 그의 이능이 지닌 본질이었다.

다른 이들의 시간을 지배하는 것과 다른 것인가? 정확히 어디서부터 어디까지 나의 시간이 되는 걸까? 과연 이것이 가능한 일인가?

끝없는 물음이 그의 머릿속을 어지럽혔다.

'상관없다.'

고개를 내저으며 상념을 털어낸 장 루이가 쓰게 웃으며 한발 앞으로 내디뎠다.

'앞으로 알아 가면 그만일 뿐.'

그는 자신의 이능에 대하여 연구해서 발표해야할 아무런 의무도 책임도 지고 있지 않았다.

학자적 양심 따위는 그와 거리가 먼 이야기였다.

만약 가드 내에 존재하는 수많은 연구진들이 그의 이능을 목도했다면 불타는 연구 의지를 내보였겠지만, 지금은 그런 것들을 떠올릴 만큼 한가로운 때가 아니었다.

조금 당황한 듯 보이긴 했지만 이내 냉정을 되찾고 무시무시한 살기를 피어올리고 있는 여인이 그의 동공을 가득 채웠다.

온전히 이능을 각성하고 나자 그간 느껴지지 않았던 은은한 대기의 떨림이 저 멀리서부터 전해져왔다.

'지환인가? 기다려라, 내 곧 가마.'

쿠웅!

강하게 땅을 구른 사내 장 루이가 호탕하게 외쳤다.

"오라!"

그의 도발 섞인 외침에 자존심에 상처를 입은 여인 벨루스가 아랫입술을 살짝 깨물며 손가락을 튕겼다.

"흥! 금방 살려달라고 빌게 만들어주마!"

비릿하게 웃으며 대꾸한 장 루이가 엄청난 속도로 그녀를 향해 달려들었다.

그런 그를 향해 벨루스가 만들어낸 마법진으로부터 거대한 빛줄기가 쏟아져 내렸다.

·   ▲   ·

'응? 이건?'

지금까지 느껴보지 못했던 장 루이의 기운이 유건

에게 생생하게 전해졌다.

"호오~ 그에게 숨겨진 힘이 있었나보군. 아주 흥미로워."

마찬가지로 장 루이가 발하는 놀라운 힘의 일부를 감지한 사내 기사왕 오르도가 날카롭게 빛나는 검날을 들어 올리며 유건을 쳐다보았다.

"아무래도 빨리 끝내야 할 것 같군요."

"응?"

반문하는 사내 오르도를 향해 유건이 말을 이었다.

"동료들이 위험에 처할 수도 있으니까요. 최대한 빨리 싸움을 끝내도록 하겠습니다."

"그 말은 지금까지 나를 봐줘가며 상대했다는 건가?"

"딱히 무시한 적은 없습니다만?"

자세를 낮추고 혼돈의 힘을 끌어올리는 유건의 기세가 일변했다.

지금까지와는 차원을 달리하는 강력한 파괴의 힘이 그의 주변에서 넘실거렸다.

보고만 있어도 숨이 막힐 것 같은 미증유의 거력이었다.

"이거 아무래도 더 이상 지금까지처럼 웃으면서 상

대할 수만은 없겠군."

일변한 유건의 눈빛을 직시하며 비로소 처음으로 온전한 자세를 갖춘 기사왕 오르도의 몸에서 눈부신 백광이 뿜어져 나왔다.

"이 빛 때문에 나를 보고 성기사라 추앙하는 무리들이 있었지. 하지만 자네라면 잘 알 테지? 이 빛이 그런 성스러운 힘과는 거리가 멀다는 것을."

그의 말처럼 유건은 눈부시게 빛나는 백광 속에서 꿈틀거리는 파괴의 힘을 느낄 수 있었다.

마치 자신의 그것과 한없이 닮아 있는 힘이었다.

"후훗, 그 표정 마음에 드는군."

그의 말에 퍼뜩 정신을 차린 유건이 미간을 찌푸리며 그를 바라보았다.

"무척이나 궁금하다는 얼굴이로구먼, 나를 꺾는다면 모조리 말해주지. 어때? 마음에 드는 제안 아닌가?"

"그거 하나 마음에 드는 군요. 그럼 갑니다."

"어서 오게나."

콰앙!

대기를 찢어발기기라도 하는 것처럼 폭사된 유건의 신형이 순식간에 오르도의 측면에 도달했다.

스걱!

맹렬하게 휘둘러진 롱기누스의 창날에 스친 오르도의 옆구리 갑옷이 쩍하고 갈라졌다.

"쯧, 이거 이제 더 이상 수리할 수 있는 이도 없는데"

아쉽다는 듯 입맛을 다진 오르도가 순식간에 벌어진 거리를 좁히며 유건의 품으로 파고들었다.

순식간에 창대를 잡아당겨 중단을 움켜쥔 유건이 눈에 보이지 않을 정도의 빠르기로 자신을 향해 다가오는 오르도를 향해 찌르기를 날려댔다.

이를 종이 한 장 차이로 비껴내며 거리를 좁히는 데 성공한 오르도가 강렬한 기합과 함께 거대한 장검을 횡으로 휘둘렀다.

스파앗!

그의 일격과 일직선상에 존재하는 모든 지형지물들이 잘려나갔다.

공중으로 몸을 띄운 유건이 몸을 거꾸로 세운 채로 연신 찌르기를 날렸다.

그의 온몸을 휘감고 있는 혼돈의 기운으로 인해 마치 검은 빗줄기가 쏟아져 내리는 것만 같았다.

무심코 팔을 돌려 공격을 막으려 했던 오르도는 사

라져 버린 방패의 빈자리를 절감하며 나직이 혀를 찼
다.

"쳇!"

마치 춤을 추듯 유려한 몸짓으로 일정한 방위를 밟
아가며 몸을 움직인 오르도의 손짓을 따라 그의 장검
이 자연스럽게 대기를 갈랐다.

쏟아져 내리는 검은 빗줄기가 그의 장검에 닿는 족
족 터져나갔다.

그럴줄 알았다는 듯 얼굴색 하나 변하지 않은 유건
이 기운을 잔뜩 불어 넣은 창대를 그대로 집어던졌다.

쇄애액!

좌우로 사납게 요동치며 날아드는 창대를 바라본
오르도가 자세를 고쳐 잡고 양손으로 검을 휘둘렀
다.

쉽게 쳐낼 수 있는 성질의 것이 아니라는 걸 곧바로
알아 차렸기 때문이었다.

콰앙!

튕겨져 나가는 창대와 반대 방향으로 오르도의 신
형 또한 튕겨져 나갔다.

그 방향 끝에서 이미 공격 준비를 마친 유건이 기다
리고 있었다.

"영리하군."

비릿하게 웃으며 기운을 끌어 모은 오르도의 검이 백광으로 물들었다. 전신을 번들거리는 검은 갑주로 무장한 유건의 주먹이 그에게 쇄도했다.

찬란하게 빛나는 백광과 무저갱의 그것과 같은 짙은 어둠이 격돌했다.

일반적인 강함의 범주를 한참 벗어난 두 사람의 격돌에 섬 전체가 진동했다. 섬에 존재하는 모든 짐승들이 바닥에 머리를 파묻은 채로 덜덜 떨어댔다.

거대하게 피어오른 흙먼지가 서서히 가라앉으며 차츰 시야가 확보되었다.

그 사이 앞이 전혀 보이지 않는 상황에서도 수백회가 넘는 공방을 주고받은 두 사람이 일정한 거리를 두고 선 채로 잠시 숨을 고르고 있었다.

"이 정도까지 나를 즐겁게 해줄 줄은 정말 몰랐네."

정말 의외였던 듯 어깨를 으쓱거리는 그의 표정에서 진심이 느껴졌다.

"길고 짧은 건 대봐야 안다고 했으니까."

"아? 그거 꽤나 오래전에 들어본 적 있는 말이야. 무척 공감했던 말이기도 하지. 자네 말이 맞아, 그런 의미에서… 미안한 마음을 담아 전력을 다해 자네를 베어버리기로 결정했네."

그의 선언을 들은 유건은 마치 목덜미에 잘 벼린 칼날을 대고 있는 것 같은 서늘함을 느꼈다.

지금까지 보여주었던 그 엄청난 무위가 마치 장난이었다는 듯 가볍게 말하는 사내.

평소라면 허장성세라 여기고 동요되지 않았을 터였지만, 유건은 지금 그의 입에서 나온 말이 한 점의 거짓도 포함되지 않은 진심이라고 느꼈다.

수많은 전장을 누벼온 기사왕 오르도의 전력을 드러내게 만든 이는 한손에 꼽을 정도였다. 그나마 남아 있던 무수히 많은 강자들이 어떤 연유에선지 하나 둘씩 자취를 감추고 나서부터는 그럴 기회조차 얻을 수 없었던 그였다.

얼마 전 패배를 경험했던 승부에서는 전력을 끌어낼 기회조차 얻을 수 없었기에 그는 일종의 욕구불만 상태에 빠져 있었다.

자신이 우습게 여길 수 없을 만큼 강하면서도 이길 수 없다는 절대적인 공포를 선사하지는 않는 상대.

유건은 그가 그동안 억눌러 왔던 모든 욕구를 분출

할 수 있는 최적의 상대였다.

쩡! 쩡! 쩡쩡!

쇠가 끊어지는 날카로운 소성들이 연이어 울려 퍼
지며 오르도를 감싸고 있던 풀 플레이트 메일이 산산
조각나 바닥으로 떨어져 내렸다.

의아한 눈빛으로 자신을 쳐다보는 유건을 향해 오
르도가 대답했다.

"이건 사실 방어구라기 보다는 봉인구라네. 오랜 시
간동안 우정을 나누었던 친우가 마지막 숨결을 불어
넣어가며 만들어준 것이었지. 아쉽지만 어쩔 수 없는
노릇 아니겠는가?"

그의 말이 사실이라는 것을 증명하기라도 하듯이
깨어져 나간 방어구들 사이로 새어나오는 오르도의
기세가 전과 비할 수 없을 만큼 서서히 강해지기 시작
했다.

숨쉬기가 버거워질 만큼 사위를 가득 메운 오르도
의 기운이 유건의 전신을 압박했다.

"흥!"

가볍게 코웃음을 날리며 전신을 두르고 있던 혼돈
의 갑옷에 의지를 불어넣자 이내 그 모양이 변형되어
이전보다 좀 더 단단한 외양을 갖추었다.

그 모습을 흥미롭게 바라보고 있던 오르도가 입을 열었다.

"기운에 의지를 불어 넣어 유형화 시킨 건가? 무척이나 흥미롭군 그래. 어디 보자~ 이렇게 하면 되려나?"

온몸을 은은하게 감싸고 있던 백광이 이리 저리 움직이는가 싶더니 이내 유건의 그것과 유사한 빛의 갑옷이 되어 오르도의 온 몸을 감쌌다.

"흐음~ 익숙해지려면 시간이 조금 걸리긴 하겠지만, 이거 무척 편리하고 좋은걸? 왜 여태까지 이런 생각을 하지 못했는지 모르겠군."

그의 모습을 지켜보던 유건은 지금까지와 다른 위화감이 그의 온 몸을 휘감고 있는 것을 느꼈다.

자세히 보니 눈에 보이지 않을 정도로 작은 빛 덩어리들이 어둠을 망토처럼 두르고 있는 유건의 주변을 제외한 사방에 떠다니며 은은한 빛을 뿌리고 있었다.

"아? 이제 발견한건가? 내가 본격적으로 힘을 사용하기 시작하면 자연스럽게 발생하는 현상이라네. 누군가는 이를 가리켜 '빛의 바다'(Sea of Light)라고 하더군. 어때? 마음에 드나?"

"곧 물어뜯기라도 할 것처럼 으르렁 대고 있는 걸 보고서 마음에 드냐니? 악취미가 따로 없군."

"저런 눈치 챘나?"

아쉽다는 표정을 지으며 손을 들어 올린 오르도가 가볍게 손가락을 튕겼다.

그와 동시에 사방을 자유롭게 부유하고 있던 작은 빛 덩어리들이 일제히 유건을 향해 달려들었다.

"하압!"

거의 동시에 어둠의 장막을 휘둘러 온몸을 감싼 유건이 몸속에서 끊임없이 솟구치는 혼돈의 기운을 끌어올렸다.

콰앙! 쾅! 콰아앙!

엄청난 굉음이 사방으로 울려 퍼져나갔다. 강렬한 빛의 향연 속에서 가운데 둥글게 자리 잡은 유건의 형체만이 마치 하얀 캔버스에 떨어진 검은색 물감처럼 이질절인 모습으로 남아있었다.

영원히 끝나지 않을 것만 같았던 폭음이 사라지고 숨 막힐 것 같은 정적이 사위를 에워쌌다.

수없이 터져나간 빛 무리들 사이로 언뜻 보이던 검은 구체가 조금씩 꿈틀거리기 시작했다.

푸확!

거대하게 펼쳐진 검은 장막이 다시금 한곳으로 몰려들었다.

"후우~ 지독하군."

참았던 숨을 내쉬며 끝도 없이 이어지던 충격들을 견뎌낸 유건이 천천히 몸을 일으켰다.

"대부분의 상대들은 지금 공격을 견뎌내지 못했을 테지만…."

내부에서 끊임없이 샘솟는 혼돈의 기운 덕분에 이를 견뎌낸 유건이었기에 말을 하다 말고 쓰게 웃었다. 이는 결국 자신이 갈고 닦아 얻어낸 능력이 아니었기 때문이었다.

"뭐, 과정이야 어찌 되었든지 간에… 이번엔 내 차례인가?"

평소 즐기던 턴제 게임처럼 서로 공격을 주고받는 그런 우스꽝스러운 상황을 잠시 떠올린 유건이 피식거리며 힘을 그러모으기 시작했다.

그런 자신을 빤히 쳐다보고 있으면서도 너무 많은 힘을 소모한 나머지 이렇다 할 공격을 하지 못하는 오르도의 상태를 정확하게 파악하고 있었기 때문이었다.

그가 다시금 힘을 회복하기 까지 걸리는 찰나의 시간.

이를 통해 유건은 반격의 기틀을 마련했다.

그의 등 뒤로 뻗어나간 검은 장막이 하늘 전부를 뒤덮을 것처럼 넓게 퍼져나갔다.

그것도 모자라서 그의 발밑으로 늘어진 검은 장막들이 마치 거대한 거인의 그림자처럼 사방을 에워싸기 시작했다.

조금 전에 비해 다소 그 빛이 약해진 오르도를 에워싸듯이 퍼져나간 어둠의 기운들로 인해 때 아닌 밤이 그들을 찾아왔다.

그 가운데 혼돈의 기운을 가득 머금은 열 두 장의 검은 날개를 활짝 편 채 공중으로 떠오른 유건의 모습이 오르도의 두 눈에 비쳐들었다.

"죽이진 않을 거야. 하지만 어쩌면… 그러고 싶을 만큼 괴로울지도 모르겠군."

이를 다루는 자신조차 쉽게 마음을 놓을 수 없는 기운이었다.

이미 한계치에 다다를 정도로 잔뜩 기운을 빨아들인 롱기누스의 창이 손아귀에서 빠져나가기라도 할 것처럼 거칠게 몸을 떨어댔다.

빛 한 점 들어오지 않는 절대 어둠의 공간.

그 가운데 홀로 주변을 비추며 서있는 오르도의 모

습이 무척이나 위태해 보였다.

유건이 의지를 불어 넣자마자 그를 둘러싸고 있던 어둠의 기운들이 거칠게 꿈틀거리며 오르도를 향해 날아들기 시작했다.

그리고 그 가운데를 꿰뚫는 거대한 소용돌이가 날아들었다.

더 이상 신창이라고 부르기 힘들만큼 광포한 기운을 흩뿌리며 날아든 그것은 바로 혼돈의 마창(魔槍)으로 화한 롱기누스였다.

투콰콰콰!

한줄기 광풍이 되어 날아든 롱기누스가 전에 비해 배는 더 밝게 빛나는 광체를 꿰뚫었다.

'응?'

신창 롱기누스와 의식의 깊은 이면을 통해 연결되어 있는 유건의 뇌리에 위화감이 느껴졌다.

마치 실체가 없는 신기루를 손으로 만진 것 같은 그런 느낌이었다.

화아악!

마치 시간을 되감기라도 한 것처럼 주변을 가득 메우고 있던 어둠이 순식간에 유건의 몸으로 빨려들었다.

적응자4

256

언제 그랬냐는 듯 평온해 보이는 하늘과 그 가운데 내리 쬐고 있는 때 이른 햇살의 따듯함이 느껴졌다.

'없다?'

그리고 그 가운데 당연히 존재해야할 오르도의 모습이 보이지 않았다.

'도망친 건가?'

적어도 자신의 공격에 소멸된 것이 아니라는 것만큼은 확신할 수 있었다.

승리했을 때의 그 짜릿함이 아닌 허무함만이 그의 가슴을 가득 채우고 있었기 때문이었다.

'어떻게? 무슨 방법으로?'

자신이 만들어낸 어둠의 영지는 어설픈 흑마법사들이 흉내 내던 저급 마법과는 차원을 달리하는 기술이었다.

자신의 이목을 속인 채 누군가가 접근할 수도 그리고 몰래 사라질 수도 없는 자신의 허락 없이는 그 무엇도 마음대로 할 수 없게 만드는 절대 영지였다.

'그런데 사라졌다?'

마치 꿈속에서 싸웠던 것처럼 느껴지는 그의 존재를 증명해주는 것은 싸움의 여파로 인해 초토화된 주변의 풍경뿐이었다.

　그런 유건의 눈에 작은 빛덩어리 하나가 하늘거리며 날아들었다.

　그 어떤 살기도 힘도 느껴지지 않는 아주 작은 빛덩어리였다.

　바람을 타고 하늘거리며 날아든 그 빛줄기가 유건의 근처에 다다랐을 때 즈음 그의 뇌리로 오르도의 음성이 들려왔다.

　'후후후후, 어째 모양새가 싸우는 도중에 도망친 것 같아서 내 마음이 좀 그렇네만… 어찌됐든 나는 그의 수하를 자처한 몸, 첫 명령부터 거역할 수는 없었네. 아쉽지만 다음에 보도록 하지.'

　그 이야기를 전해주는 것이 자신의 사명이라도 되었던 듯 희미하게 빛을 발하던 빛줄기가 이내 모습을 감췄다.

　"훗, 무슨 빛의 요정 같잖아?"

　서서히 기운을 갈무리한 유건의 기감에 장소를 옮겼던 지환과 장 루이의 기척이 느껴졌다.

　고개를 들어 하늘을 보니 붉게 물든 석양이 섬을 비

추고 있었다.

"곧 갈게. 성희야."

#14. 미궁(迷宮)

NEO MODERN FANTASY STORY

적응자

#14. 미궁(迷宮)

"성희얏!"

"네? 아! 넵!"

자신을 부르는 소리에 화들짝 놀란 성희가 다급히 전면을 향해 배리어를 쳤다.

투콰쾅! 쾅! 쾅쾅!

그녀가 만든 배리어에 수많은 불덩어리들이 날아와 폭발했다. 간발의 차이로 이를 막아낸 성희가 식은땀을 닦아내며 안도의 한숨을 내쉬자 그런 그녀의 곁으로 다가온 하루나가 짐짓 엄한 얼굴로 꿀밤을 먹였다.

"아얏!"

"너! 대체 정신을 어디다 두고 있는 거야?"

"아니, 그게… 누가 날 부르는 것 같아서…."

기어들어가는 목소리로 대답하는 성희를 노려보던 하루나가 결국 참지 못하고 웃음을 터트리고 말았다.

"그렇다고 그렇게 주눅이 들건 또 뭐니?"

"헤헤헤헤, 언니가 진짜로 화난 줄 알았죠."

그녀가 상대방의 마법공격을 대부분 막아낸 덕분에 여유를 되찾은 수퍼 슈퍼들이 빠른 속도로 적들을 향해 쇄도했다.

그런 그들의 활약을 지켜보며 하루나가 성희의 머리를 부드럽게 쓰다듬었다.

전에 비해 무척이나 가까워진 두 사람이었다. 그도 그럴 것이 이곳 미궁에 들어온 이후 여자라고는 두 사람 뿐이라 대놓고 말하기 뭐한 그런 일들은 두 사람이 알아서 처리해야 했기 때문이었다.

"후우~ 대충 정리가 된 것 같군요. 하루나."

"음, 수고가 많았어요. 다음 공격까지는 조금 여유가 있으니까 알아서 휴식을 취하도록 해주세요."

"그러겠습니다."

마틴을 대신해서 하루나에게 보고를 한 캐빈이 그녀에게 가볍게 고개를 숙이고는 자리를 떠났다.

일단 그녀를 중심으로 모든 작전을 실행하기로 결정하고 나자 모두들 일사불란하게 그녀의 명에 따르기 시작했다.

과연 잘 훈련된 군인이란 어딘가 달라도 많이 다르다는 것을 느끼게 해준 시간이었다.

이곳에 들어 온지도 대략 4-5일정도 쯤 지난 것 같았는데 시간의 흐름을 느끼기 힘든 환경 탓에 다들 처음에는 무척이나 고생했다.

그것도 그럭저럭 적응하고 나자 이제는 제법 규칙적으로 공격해오는 몬스터들의 공격의 패턴도 파악할 수 있었고, 쉴 때와 싸울 때를 정확하게 구분해서 하루를 보낼 수 있게 되었다.

"근데 미궁이라는 게 그렇게 대단한 건가요?"

성희의 물음에 정찰을 나갔다가 되돌아온 베네피쿠스가 대답했다. 전에 비해 무척이나 부드러워진 어조였다.

"이 정도 규모의 미궁을 만들려면 어지간한 마력으로는 어림도 없기 때문입니다. 일단 미궁이라는 건 그 규모로 만든 이의 능력을 가늠할 수 있는 법이죠."

"그렇다면 여길 만든 사람은?"

"제가 아는 한 이정도 마력을 지닌 이는 단 한 사람뿐입니다."

"아, 그녀가 바로 저번에 말했던 그 태초의 마녀인가 뭔가 하는….."

"네, 그녀가 바로 태초의 마녀라고 불리는 릴리스죠."

"베네피쿠스경과 비교하면 어때요?"

그가 과거에 작위를 부여받았던 귀족이라는 사실을 알게 된 이후부터는 꼬박꼬박 경이라는 존칭을 붙여 주는 성희였다.

처음에만 눈초리를 살짝 움직였을 뿐 그 다음부터는 그런 성희의 반응이 그리 싫지는 않았는지 굳이 그 점에 대해 지적하지는 않았다.

"지금의 저와 비교한다면… 아마도 그녀의 압승일 겁니다."

'시간이 더 흐른다면 모르겠지만요.'

뒷말은 속으로 삼킨 베네피쿠스가 멍한 얼굴로 자신을 쳐다보고 있는 성희를 향해 가볍게 미소 지었다.

"에? 아, 아무리 그래도 보통은 싸워봐야 안다거나, 조금 강하다는 정도로 표현하지 않나요?"

"내가 지닌 힘이 상대보다 약한 게 부끄러운 건 아

니니까요."

"아! 그렇군요."

뱀파이어에 대한 선입견이 서서히 엷어지자 비로소 그의 진면목이 조금씩 보이기 시작했다.

오랜 세월 살아오며 자연스럽게 세상의 이치에 대해 터득하게 되고 이를 통해 세상을 구성하는 본질의 자락에 닿을 수 있는 기회를 얻을 수 있었다.

덕분에 진혈 뱀파이어들 중에서도 발군의 기량을 자랑하며 왕의 측근으로서 전장의 최전선에서 오랜 세월 무적의 기량을 자랑할 수 있었다.

'주인을 만나기 전까지는 그랬었지…'

혼돈의 군주.

아직 개화하지 못한 채 잠들어있는 그 본질을 한눈에 알아본 그는 그야말로 자신이 진정으로 믿고 따를 수 있는 왕이라는 것을 느낄 수 있었다.

그를 만나고 그와 피의 맹약을 맺고 난 뒤 베네피쿠스는 그동안 그 원인을 알 수 없는 마음의 구멍과 갈증이 단숨에 해갈되는 것을 느꼈다.

끝없이 차오르는 충만한 느낌. 자존감. 희열.

이 모든 것이 그로 하여금 지금까지보다 한 단계 더 나은 존재로 화할 수 있는 기회를 제공해주었다.

지금도 그의 내부에서 꿈틀대는 새로운 힘을 느끼
며 미소지은 베네피쿠스가 성희를 향해 천천히 고개
를 숙이며 자리를 떠났다.

　'여왕이시여….'

　자신의 군주가 선택한 배필이다. 그렇다면 자신에
게는 그녀를 목숨을 걸고 지켜야 할 사명이 있는 법.

　지금까지 늘 그녀의 곁을 맴돌며 알게 모르게 호위
를 해왔다는 사실을 그녀의 곁에서 대부분의 시간을
보낸 하루나는 눈치 채고 있었다.

　떠나는 베네피쿠스의 뒷모습을 쳐다보고 있던 성희
를 향해 다가온 철환이 바닥에 털썩 주저앉으며 말했
다.

　"아군이 되니 제법 든든하잖아?"

　"그러네요?"

　"그건 그렇고 유건 그 녀석은 도대체 언제 오려고
그러나?"

　"곧 오겠죠 뭐."

　"호오? 별로 걱정이 안 되나봐?"

　"오빠 실력을 어느 정도 알고 난 뒤부터는 별로 걱
정되진 않네요."

　"하긴, 그 괴물 같은 녀석을 누가 어떻게 하겠어."

"철환 오라버니 입에서 괴물이라는 말이 다 나오다니?"

"나도 그렇지만 그 녀석은 규격 외라고."

"쿠쿠쿡. 어째 무슨 괴수영화에 나오는 비운의 캐릭터 같네요."

"내 어감이 좀 그랬나?"

"네. 쿠쿠쿡."

한참을 웃던 성희가 마력의 농도가 짙은 미궁의 주변을 둘러보며 입을 열었다.

"이런 곳에 들어와서 이렇게 편하게 웃을 수 있다니… 저도 참 많이 변했네요."

"변한 게 아니라 성장한거지, 여전히 너는 너다. 그걸 잊어버리면 중심을 잃게 되고 방황하게 되지."

"그렇군요. 역시 철환 오라버니는 듬직해요. 울 유건 오빠도 좀 닮았으면."

"쳇, 누군 오라버니고 누군 오빠냐?"

"헤~ 그렇다고 삼촌이라고 부를 수는 없잖아요."

"사, 삼촌보다야 오라버니가 낫지. 암~! 그렇고말고."

더듬거리며 말을 이은 철환이 지나가는 슈퍼 솔져 요원 하나에게 아는 체를 하며 다급히 자리를 떴다.

그런 그의 뒷모습을 보며 다시 한 번 웃음을 터트린 성희가 한숨을 내쉬며 이곳으로 들어오게 되던 날을 떠올렸다.

삼일 전.

미궁의 입구로 보이는 곳 주변을 지키듯이 둘러싸고 있던 몬스터 군단을 섬멸시킨 일행들이 무저갱의 입구처럼 한줄기 빛조차 보이지 않는 그곳을 바라보며 저마다 한 마디씩 던지고 있었다.

"근데, 저 안에 우리가 찾는 대상이 있다는 게 확실한건가?"

미심쩍다는 얼굴로 말을 꺼내든 마틴을 향해 베네피쿠스가 대답했다.

"이만한 미궁을 유지하기 위해서는 반드시 그 중추적인 역할을 담당하는 본인이 그 내부에 위치하고 있어야 한다. 적어도 내가 아는 한 이만한 마력을 지닌 이는 릴리스 그녀 외에는 없군."

베네피쿠스의 단호한 말에 마틴이 양 손을 들고 으쓱거리며 말했다.

"뭐, 오래 살아오신 만큼 식견이 대단하실 테니… 그 말이 맞겠군요."

나머지 일행들도 마틴의 말에 천천히 고개를 끄덕였다.

"그럼 들어갈까?"

제일먼저 첫발을 내디딘 철환을 시작으로 일행들 모두가 천천히 미궁의 입구를 향해 다가갔다.

"뭐야, 이건?"

철환의 첫 마디가 모두의 심경을 대표해주고 있었다.

대기 중에 퍼져있는 마력의 농도가 수행하기 좋다고 소문난 어지간한 명당자리보다 몇 배는 더했다.

덕분에 조금만 숨을 크게 들이켜도 몸 내부에서 한바탕 전투가 벌어질 지경이었다.

외부에서 유입된 미지의 기운과 내부에 자리 잡은 고유의 기운 사이에 한바탕 알력싸움이 벌어졌기 때문이었다.

각성한지 비교적 오래된 베테랑급의 요원들은 차분하게 내부로 유입된 기운을 다시 밖으로 되돌리는 방법으로 이를 해결 했지만, 급조해서 만들어진 마틴과 그의 수하들은 한바탕 난리를 겪어야만 했다.

개중에 힘 조절이 서툰 대원 몇몇이 폭주했기 때문이었다.

"야! 제임스! 한스! 정신 차려! 포기하면 안 된다고!"

수하들을 독려하는 마틴의 노력이 무색하리만큼 빠른 속도로 폭주를 시작한 수하들이 순식간에 이상변이를 일으켰다.

"이, 이런!"

유건의 세포를 기반으로 해서 유전자 단위에서부터 개조가 이루어진 슈퍼 솔져들이었다.

비록 그 무한한 잠재력을 제대로 발휘하지 못해 다른 요원들에 비해 한 수 아래로 취급 받고 있긴 했었지만 그들 개개인이 지닌 능력 자체가 처지는 것은 아니었다.

자아를 보존하고 붕괴를 막기 위해 마련해 놓은 최후의 방어장치가 무너지자 이내 걷잡을 수 없을 만큼 강한 힘들이 그들에게서 뿜어져 나오기 시작했다.

"쳇, 마이너 카피인데도 이 정도란 말인가?"

다운그레이드가 아닌 온전한 힘, 그 자체를 물려받은 마틴과 캐빈을 제외하고 나머지 슈퍼 솔져들은 유건의 마이너 카피에 불과했다.

실제 그들로서는 이를 감당하는 것 자체만으로도

벅찼다. 이는 대부분의 지원자들이 개조 작업 도중에 폭주함으로서 그 자리에서 제거된 것만 봐도 쉽게 알 수 있는 부분이었다.

이를 잘 알고 있는 마틴이었기에 폭주한 수하들에게서 느껴지는 강력한 힘에 무척이나 놀랄 수밖에 없었다.

"성희! 어서 방어막을!"

하루나의 다급한 외침에 전면으로 나선 성희가 일행들을 보호하기 위해 보호막을 쳤다.

투웅!

트롤의 그것과 유사한 형태로 변이를 일으킨 대원 하나가 성희가 만들어낸 보호막에 몸통을 날렸다.

보호막의 표면이 물결치며 그 충격을 완화시켰다.

"윽!"

그 충격의 여파가 시전자인 성희를 향해 고스란히 전해졌다.

성희와 긴밀하게 연결 관계를 구축한 하루나가 전해져오는 힘의 정도를 가늠하며 인상을 찌푸렸다.

"이거, 아무래도 여기 있는 마물들을 상대하는 것보다 더 어렵겠는 걸?"

"크아악!"

폭주한 다른 녀석을 상대하던 대원 하나의 팔이 공중으로 날아올랐다.

어깻죽지를 부여잡은 채 뒤로 물러서는 그의 전면을 다른 대원들이 막아섰다.

그 틈을 타고 빠르게 전면으로 쇄도한 철환이 고풍스러운 신검. 풍신(風神)을 휘둘렀다.

자연스럽게 일어난 칼바람에 이미 마물의 그것과 다를바 없는 상태로 변이된 녀석의 온 몸을 난자했다.

"쳇, 누가 그 녀석 따라한 게 아니랄까봐."

그의 말처럼 수없이 생겨난 검상들이 순식간에 아물어갔다. 마치 그 주변의 시간만 과거로 되돌아가는 것 같았다.

폭주를 이겨내지 못하고 마물화 된 대원이 총 열 하나.

마지막까지 버티다가 까무러친 이들을 제외하면 거의 반수 정도를 허무하게 잃게 되고 만 것이었다.

슈퍼 솔져의 실질적인 책임자라고 할 수 있는 마틴의 얼굴이 일그러졌다.

"캐빈, 저 녀석들 되돌아올 수는 없는 거지?"

"저 상태에서 예전 상태로 복귀한 경우는 없었습니다."

"그래? 그럼 어쩔 수 없군."

캐빈이 그렇다면 그런 거였다. 적어도 그의 의견은 지난 마틴의 경험상 백퍼센트 신뢰할 만 했다.

아쉽다는 듯 혀를 찬 그가 이번 작전을 위해 특별히 제작된 검을 뽑아 들었다.

거금을 들여 고용한 마법사들과 과학자들이 연합해 만들어낸 현대 마학의 결정체, 인공마검 드래곤슬레이어였다.

그 이름에서 알 수 있듯이 최종 목표인 더 블랙을 겨냥해 만들어진 마법검인 만큼 그 안에 담긴 힘은 타의 추종을 불허했다.

이를 뽑아든 마틴이 몸 안으로 순식간에 침투해 들어오는 거대한 힘에 가늘게 몸을 떨어대며 말했다.

"흥! 그렇게 쉽게 몸을 내줄 순 없다고."

그 힘을 통제하기 위해 마틴은 자신의 양팔만을 제한적으로 변이 시켰다.

평소의 두 배 정도의 크기로 변화한 그의 양팔에서 거대한 핏줄이 지렁이처럼 꿈틀거렸다.

"캐빈, 가자!"

"넵."

마틴보다는 조금 굵기가 얇지만 전체적으로 길이가

좀 더 길어진 양팔을 살짝 늘어뜨린 캐빈이 앞서 달려나가는 마틴의 뒤를 따라 몸을 날렸다.

서걱!

재생하는 속도가 지나치게 빨라 제대로 된 치명상을 입히지 못하고 있던 철환의 눈에 마물화 된 상대의 다리가 통째로 잘려나가는 광경이 무척이나 느리게 재생됐다.

'저 검 때문인가?'

곁에서 보기만 해도 요사스러운 기운을 마구 흩뿌리고 있는 검에 잠시 눈길을 준 철환이 중심을 잃고 쓰러진 녀석의 눈에 검을 박아 넣었다.

"타핫!"

그의 기합소리와 함께 녀석의 머리가 폭죽처럼 터져나갔다.

머리가 사라진 녀석은 더 이상 재생하지 못한 채 가늘게 몸을 떨다가 금세 축 늘어졌다.

잠시 후 녀석의 몸이 다시금 원래의 인간의 몸으로 되돌아왔다.

"퉤! 입맛이 쓰군."

걸쭉한 침을 뱉어낸 철환이 인상을 구기며 다른 녀석을 향해 달려들었다.

"꺄아!"

자신을 향해 달려드는 녀석의 기세에 눌린 성희가 가늘게 비명을 터트리며 주저앉았다.

"저런!"

그녀의 비명소리에 놀란 철환이 다급히 몸을 날리려던 찰나 그의 입에서 헛웃음이 터져 나왔다.

그녀의 눈앞에서 달려들던 모습 그대로 사각형의 모양으로 아무렇게나 구겨진 채 눈만 데룩데룩 굴리고 있는 녀석의 모습이 보였기 때문이었다.

마치 눈에 보이지 않는 큐브에 억지로 구겨 넣어진 것 같은 모양이었다.

"비명 지르면서도 할 건 다 하네?"

"저, 저도 이젠 제 몫을 한다고요 뭐!"

얼굴이 붉어진 채로 빽하고 소리를 지른 성희의 말을 뒤로 하고 철환이 다른 개체를 향해 몸을 날렸다.

대 몬스터 전용으로 제작된 소총에서 대인용이 아닌 대마물용으로 특별히 생산한 5.56×45m NATO탄이 분당 650발의 속도로 날아가 동료였던 이들의 몸을 벌집으로 만들었다.

대 트롤전까지 염두에 두고 만들어진 특수탄이었기 때문에 수없이 많은 탄환들이 틀어박힌 변이된 개체들의 회복 속도가 현저하게 느려졌다.

"젠장, 한스 이 빌어먹을 새끼야!"

끊어질 듯 팽팽하게 당겨진 군번줄이 변이된 괴물의 목 부위에서 덜렁거렸다.

평소 한스와 친하게 지내던 대원 하나가 욕지거리를 내뱉으며 반쯤 무릎을 꿇은 녀석의 목덜미를 두터운 대검으로 단숨에 베어냈다.

힘의 운용에 제법 익숙해 졌는지 검을 휘두르는 그의 팔이 팔꿈치까지 변이된 상태였다.

서걱!

소름끼치는 절삭음과 함께 과거 한스라고 불리던 괴물의 머리가 허공으로 날아올랐다.

날아오른 머리를 향해 총구를 돌린 캐빈이 탄창 하나를 다 비울때까지 쉬지 않고 갈겨댔다.

"후우~"

그가 참았던 숨을 내쉬며 고개를 들자 나머지 녀석들도 모두 정리가 된 상태였다.

"장내 정리하고 피해보고 하도록."

"옛 썰(Yes, Sir!)!"

마틴의 명령에 대원들이 동료를 잃었다는 슬픔에도 불구하고 일사분란하게 움직였다.

절름자4

캐빈으로부터 피해 상황을 보고받은 마틴이 씁쓸한 웃음을 지으며 하루나에게 다가갔다.

"대략 대원들의 반수 정도가 전투 불능상태입니다. 실종이 대부분이지만, 아슬아슬하게 변이를 멈춘 녀석들도 많아서…."

"실종, 입니까?"

하루나의 물음에 마틴이 뒷머리를 거칠게 긁으며 답했다.

"그래야 훈장도 받고 남은 가족들이 연금이라도 타 먹죠."

"그렇군요."

자신의 생각보다 더 따뜻한 남자일지도 모른다는 생각을 하며 하루나가 천천히 고개를 주억거렸다.

"뭐가 더 나올지 모르는 상황이니 일단 여기서 좀 쉬는 게 어떨까 싶은데요?"

마틴의 의견에 동의한다는 듯 하루나가 고개를 끄덕이며 말했다.

"그렇게 하죠."

다행히 각종 물자들을 넉넉히 챙겨 들어온 탓에 음식걱정 없이 편안하게 휴식을 취할 수 있었다.

그동안 철환과 하루나는 주변을 돌아다니면서 대기

중에 짙게 배어있는 마력으로 인해 힘들어하는 이들의 상태를 돌봐주었다.

　모든 이들을 살펴본뒤 자신들의 자리로 돌아오던 하루나가 먼 곳을 바라보며 말했다.

　"괜찮겠죠?"

　"누구? 제임스? 걱정할 사람을 걱정해. 걔는 이런 데서도 편안하게 두발 뻗고 잘 녀석이니까."

　베네피쿠스와 함께 먼저 미궁으로 들어와 정찰역할을 하기로 자원한 제임스를 걱정하던 하루나가 철환의 말에 피식 웃으며 대꾸했다.

　"하긴, 충분히 그러고도 남을 사람이죠."

　"그래, 너무 걱정하지 말라고. 여자가 그렇게 남자를 못믿으면 사랑받지 못한다고."

　"네? 그, 그게 무슨!"

　"푸하? 얼굴 빨게 진거 보게나? 슬쩍 찔러 봤더니 아주 고해성사를 하시는군요."

　"윽!"

　철환의 말에 자신이 당했다는 것을 깨달은 하루나가 도끼눈을 뜨고 그를 쳐다봤다.

　"혹시라도 떠벌렸다간 쥐도 새도 모르게 한줌 핏물로 변하는 수가 있습니다."

섬뜩.

뒷골이 서늘해지게 만드는 하루나의 협박에 철환이
어색하게 웃으며 대답했다.

"다, 당연하지. 암~! 원래 남녀 간의 문제는 누가
끼어들면 더 안 되는 법이거든. 커흠."

서둘러서 발걸음을 놀리는 철환의 뒷모습을 뚫어져
라 쳐다보던 하루나가 깊은 한숨을 내쉬며 그 자리에
주저 앉았다.

"휴우~ 이제 어쩐다… 내가 어쩌자고…."

자기 머리를 쥐어 뜯어가며 괴로워하던 하루나가
한참만에 자리에서 일어나 자리로 돌아갔다.

자기 자리에 누워 돌아오는 하루나를 쳐다보던 철
환이 오싹한 그녀의 눈빛에 놀라 황급히 돌아누웠
다.

'역시 여자는 무서운 동물이야.'

속으로 제임스의 명복을 빌어주는 그의 친우 철환
이었다.

• ❖ •

삼일 뒤 정찰을 나갔던 베네피쿠스와 제임스가 엄

청난 무리의 몬스터들을 뒤에 달고 그들에게 합류했다.

"뭐야 저 뒤에 놈들은?"

"응? 내 열렬한 팬들."

제임스의 천연덕스러운 대답에 뒤에 서있던 하루나가 피식 하고 웃음을 터트렸다.

엉망인 몰골과 달리 그의 눈빛만은 그 어느 때보다도 밝았기 때문이었다. 걱정한 게 무색하리만큼 잘 지낸 모양이었다. 뒤에 달고 온 녀석들은 별로 마음에 안 들었지만.

때 아닌 몬스터들의 습격에 휴식을 취하고 있던 일행들 모두 반나절이 넘도록 쉴 새 없이 밀려드는 적들과 한바탕 일전을 벌여야 했다.

마지막 남은 거대한 체구의 미노타우르스의 목을 날려버린 철환이 검에 묻은 핏물을 털어내며 본진으로 되돌아 왔다.

지형적인 이점을 충분히 살린 하루나의 전략적 지휘덕분에 비교적 수월하게 몰려드는 놈들을 상대할 수 있었다.

일반적인 녀석들과 달리 우월한 힘과 능력을 자랑하는 몬스터들은 모조리 철환의 몫이었다. 그에 대한 하루나의 신뢰를 엿볼 수 있는 장면이기도 했지만 막상 당사자는 별로 마음에 안 드는 얼굴이었다.

"정찰 결과는?"

못마땅한 얼굴의 철환이 제임스의 곁에 주저앉으며 물었다.

"저쪽으로 10km 전방쯤에 거대한 구조물이 하나 있더라."

"구조물?"

"처음 보는 형태의 건물이었으니까, 굳이 비교하자면 거대한 성채 정도?"

"성채?"

"그렇게 부르기도 민망한 게 터무니없이 크더라고. 그 끝이 다 보이지 않을 정도로."

제임스의 말을 듣고 있던 하루나가 자리에서 벌떡 일어섰다.

"서, 설마?!"

"왜 그래? 뭐 아는 바라도 있어?"

그녀의 귀에 제임스의 말은 전혀 들어오지 않았다. 지금 이 순간 그녀의 머릿속에 떠오르고 있는 것은 아나지톤에게 들었던 한 가지 이야기였다.

'더 블랙과의 첫 번째 일전 때 우리들을 가장 힘들게 했던 것은 다름 아닌 그가 거하고 있는 성채의 거대함이었어요. 몇 달을 헤매고 다녀도 그 중심부를 찾기 힘들만큼 터무니없이 거대했죠. 그 거대한 성채의 이름은 드래고니안 쉘터. 더 블랙 그 자가 머물고 있는 최후의 격전지죠.'

"드래고니안 쉘터…."

하루나의 입에서 흘러나온 말을 들은 제임스가 깜짝 놀라며 대꾸했다.

"뭐? 그럼 내가 보고 온 게 그거였단 말이야?"

제임스의 경악서린 외침에 일행들의 시선이 모두 그들에게로 쏠렸다.

자신을 향한 따가운 눈길에 머쓱해진 제임스가 설명을 요구하는 일행들의 눈빛에 천천히 입을 열었다.

"더 블랙의 거처, 그곳의 이름이 드래고니안 쉘터야. 내가 보고 온 곳이 아마도 그곳이었나 보다."

"넌 그걸 몰랐나?"

직접 보고도 몰랐냐는 책망어린 철환의 물음에 그가 뒷머리를 긁적이며 말했다.

"나도 지나가는 말로만 잠깐 들었던 거라 그게 그거

인줄은 몰랐지. 하루나?"

도와달라는 뜻이 담긴 제임스의 부름에 하루나가 일행들을 천천히 둘러보며 입을 열었다.

"제임스의 심상에 새겨진 이미지가 확실하다면 아마도 그곳에 더 블랙이 거하고 있을 확률이 높습니다. 그를 만나기 전에 태초의 마녀라 불리는 릴리스 그녀를 먼저 상대해야 하겠지만요."

"우리는 애초부터 그 마녀인지 뭔지를 상대하기 위해 모인 게 아니었나? 제대로 된 준비도 없이 그 최종 보스를 상대할 수는 없다고. 그거야 말로 개죽음이지."

마틴의 말에 대부분의 일행들이 동의를 표한다는 듯 침묵을 지켰다.

"그동안 저희는 더 블랙 그자의 거처를 찾기위해 수없이 많은 정찰 병력들을 전 세계 곳곳으로 파견했습니다. 저 아프리카 밀림부터 극한의 대지인 남북의 동토까지… 하지만 그 어디에서도 그가 거한다는 그 거대한 성채를 발견할 수 없었죠. 인공위성으로 전 세계 곳곳을 모두 뒤져봤지만 허사였어요."

목이 타는지 생수병을 꺼내들고 벌컥 벌컥 들이킨 그녀가 다시금 말을 이었다.

"그와의 결전이 계속해서 뒤로 미뤄졌던 건 현격한 실력 차이도 있었지만 그 무엇보다 그가 있는 곳을 알 수 없었기 때문이었죠."

"이런 미궁 속에 자리 잡고 있었으니 그동안 그렇게 노력을 해봐도 찾을 수 없었던 게 당연했겠네."

철환의 말에 하루나가 천천히 고개를 끄덕였다.

"어차피 지금 당장 그와 맞붙을 수는 없을 거예요. 오랜 시간이 걸릴 겁니다. 하.지.만! 그의 거처를 확인한 이상. 그동안 가드 전 지부에서 남몰래 모아놓은 총력을 이곳에 쏟아 붓게 될 겁니다."

말을 마친 하루나가 무거운 공기가 사위를 짓누르고 있는 그곳에서 시선을 돌려 제임스에게 말했다.

"아나지톤 그분께 연락을 해야겠어요."

"아, 물론이야. 이럴 때를 대비해서 준비한 게 있으니."

가슴팍에 손을 넣어 은은하게 빛나는 세계수의 가지를 꺼내든 제임스가 이를 조심스럽게 바닥에 심었다.

그 순간 환한 빛과 함께 그 작았던 가지가 거대한 나무로 자라나기 시작했다.

더불어 주변을 가득 메우고 있던 짙은 마력들이 서

서히 정화되어 한결 숨쉬기 편한 상태로 되돌아가기 시작했다.

"이, 이건?"

놀란 눈으로 계속해서 자라나고 있는 세계수의 파편과 주변에 흩날리는 반짝이는 빛 덩어리들을 바라보던 마틴이 제임스를 쳐다봤다.

"세계수의 가지다. 지금 이곳을 중심으로 우리들의 진지를 구축하게 될 거야. 최후의 결전을 위한 전초기지인거지."

"최후의 결전…."

그의 말을 천천히 되새기던 마틴의 눈이 반짝거렸다.

"캐빈."

"네."

"연락을 넣어라."

"진심이십니까?"

"그래, 끝장을 봐야지."

"알겠습니다."

그 즉시 다른 대원들에게 명령을 내린 캐빈이 즉석에서 조립되는 사람 크기 모양의 안테나에 다가가 비밀번호를 눌렀다.

"저건 뭐지?"

철환의 물음에 마틴이 별거 아니라는 듯 대답했다.

"우리도 지원군 좀 요청하려고."

"지원군?"

"마지막 싸움이라는데 후회를 남기면 안 되지 않겠어?"

"그렇군."

"근데 저 장치로 미궁 밖에 있는 다른 이들과 교신이 가능한가?"

"뭐 그럴 목적으로 만들었다고는 하던데, 되겠지. 들인 돈이 얼만데."

"훗, 역시 돈인가?"

"사용할 수 있는 건 모조리 동원해야지. 그래야 죽더라도 덜 억울할 테니."

"그 마음가짐 마음에 드는군."

"살아나가면 술이나 한잔 하자고."

"좋지."

그 순간 엄청난 크기로 자라난 세계수의 가운데 커다란 포탈이 열렸다.

"온다!"

환한 빛무리와 함께 아나지톤을 선두로 일단의 인

물들이 모습을 드러냈다.

"반갑습니다 여러분. 드디어 기다리던 순간이 왔군요!"

인류 전체의 운명을 건 최후의 결전이 눈앞으로 성큼 다가왔다.

⁂

"이제야 오는가? 나의 대적이여."

거대한 성채의 중심에 솟아있는 끝이 보이지 않을 만큼 거대한 탑 모양의 구조물 중심에서 마치 맥동하는 심장처럼 마력이 쉬지 않고 뿜어져 나오고 있었다.

농도 짙은 그 마력은 서서히 옅어지며 사방으로 뻗어나갔다.

이 거대한 미궁내의 대기가운데 마력의 농도가 유독 짙었던 원인이 바로 이곳이었다.

그 탑 내부에 자리한 심처.

거대한 의자에 앉아 잠이 든 것처럼 턱을 괴고 앉아있던 사내의 눈이 천천히 떠졌다.

미궁으로 점점 가까워지는 유건의 존재감이 그의 전신을 자극했기 때문이었다.

"많이 성장했군."

제법 흥미로웠던 이번 유희가 자칫 잘못하다간 허무하게 끝나버릴 지도 모른다는 아쉬움이 그의 마지막 행보를 늦추게 만들었다.

그는 그런 그의 선택이 아주 만족스러운 결과를 만들어 냈음을 인지했다.

이곳 차원을 관장하는 대다수의 조율자들이 어디론가 자취를 감춘 지금 마치 눈에 보이지 않는 누군가가 힘의 불균형을 조율하기라도 하듯이 그의 대적자를 만들어냈기 때문이었다.

'그때의 그 자였던가?'

모든 능력을 동원해 자신에게 금제를 거는데 성공하고 차원의 틈새에 자진해서 몸을 던지면서 자신을 향해 의미심장한 미소를 짓던 사내.

그러한 그의 선택 덕분에 금제를 풀 수 있는 방법 또한 사라졌다.

물론 이정도 금제쯤이야 당장이라도 그가 마음만 먹는다면 해제 못할 바는 아니었지만 그러기엔 그가 감당해야하는 패널티가 너무 무거웠다.

유희를 위해 그 정도 무게의 짐을 스스로에게 지우기엔 무언가 균형이 맞지 않았다.

'덕분에 지루하지 않게 됐으니… 고마워해야 하는 건가?'

한낱 필멸자인 주제에 자신에게 금제를 걸만큼 뛰어난 능력을 보여주었던 과거의 대적자를 떠올린 더 블랙의 무표정한 얼굴에 한줄기 미소가 피어올랐다.

직접 대면해서 보았을 때 한줄기 가느다란 의혹은 확신으로 바뀌었다.

그자의 핏줄.

자신과의 결전을 대비해 만들어진 존재.

비록 온전하진 않았지만 세계를 구성하는 근원의 자락에 맞닿았던 자였기에 가능한 일이었으리라.

'그 태초에 존재하던 혼돈의 씨앗을 심어두었을 줄이야.'

온전히 개화하여 열매를 맺을 정도의 상태는 아니었지만 배아 상태에서 벗어나 어느 정도 단단한 토대를 마련한 걸로 보였다.

그로서도 섣부르게 불완전한 상태의 혼돈에 손을 대는 우를 범할 생각은 없었다.

그래서 놓아주었다.

그렇게 작은 호기심은 미래에 완전히 개화하게 될 대적자에 대한 기대로 바뀌었다.

익숙하게 느껴지는 기운은 분명 자신을 막기 위해 이곳으로 넘어온 중간계의 존재 아나지톤이 분명했다.

그 존재의 이유가 분명했기에 이곳에서 동분서주하며 자신을 막기 위해 애쓰는 그를 탓할 생각은 없었다.

오히려 자신의 유희의 질을 높여주는 그의 존재가 반가울 지경이었으니까.

일부러 릴리스를 통해 자신의 거처를 자연스럽게 공개하도록 만들었다.

아마 그의 의도 정도는 아나지톤 그 아이도 충분히 파악했을 터.

그럼에도 불구하고 그동안 모아왔던 모든 힘을 이곳으로 집결한다는 것은 그만한 자신감이 있다는 뜻이기도 했다.

'아니면 그만큼 그를 믿는 것일지도.'

어느덧 자신의 승부욕을 자극할 만큼 성장한 유건의 존재감을 떠올린 그의 입가에 맺힌 미소가 더욱 짙어졌다.

그가 손가락을 튕기자 아무것도 보이지 않는 그의 거처를 아름다운 선율이 가득 채우기 시작했다.

"흐음…."

파도가 거칠게 몰아치는 바다 위를 유유히 날아가던 유건의 아미가 살짝 찌푸려졌다.

그런 그에게 사람만한 크기의 얼음덩어리에 올라서서 속도를 맞춰 이동하던 지환이 물었다.

"왜? 뭐 신경 쓰이는 거라도 있나?"

자신들의 주군인 오르도가 모습을 감추던 그 시각.

강지환과 장 루이를 상대하던 이들 또한 갑작스럽게 전장을 떠났다.

이유야 어찌되었든지 간에 그 짧은 전투를 통해 이들 세 사람 모두는 실력이 비약적으로 상승하는 기회를 얻을 수 있었다.

이는 그들 세 사람 중에서도 유건이 유독 그 도약 폭이 컸다.

마치 수문이 열린 댐처럼 그간 막혔던 물을 모조리 쏟아내기라도 하듯이 그의 몸 전체에서 막대한 혼돈의 기운이 쉬지 않고 줄기줄기 피어올랐다.

지환의 물음에 검은 날개 두 장을 꺼내들고 날아가던 유건이 대답했다.

"한곳에 모여 있던 일행들의 기운이 모두 사라졌어요."

"응?"

그의 말에 아나지톤으로부터 은밀하게 전해 받은 내용을 떠올린 지환의 얼굴에 놀람이 서렸다.

'그들이 위치한 곳은 이곳으로부터 적게 잡아도 수백 키로는 될 텐데, 그걸 느꼈다고?'

지환이 그런 속내를 감춘 채 짐짓 아무렇지도 않은 척 입을 열었다.

"어디론가 들어간 게 아닐까? 이를테면 인위적으로 만들어진 공간 같은 곳 말이지. 그럼 그럴 수도 있잖아?"

"그럴 수도 있겠군요."

지환이 만들어준 얼음덩어리 위에 팔짱을 끼고 앉아있던 장 루이가 그런 지환의 미묘한 변화를 알아차렸다.

눈이 마주친 두 사람의 시선이 몇 번 오고간 뒤 장 루이는 그대로 눈을 감았다.

그의 삶에 있어서 한번 믿기로 한 이상 동료를 의심하는 일은 없었다.

장 루이의 태도에 담긴 의미를 깨달은 지환이 가볍

게 웃으며 앞서 날아가는 유건의 뒷모습을 바라보았
다.

'하루가 아니라 매 순간마다 성장하는 군. 조금 전
과는 차원이 다른 강함이 느껴져.'

트롤이라는 몬스터를 촉매로 발아한 혼돈의 기운이
이제는 눈에 보일만큼 강렬해졌다.

실로 더 블랙이 자신의 대적자라 칭할만한 모습이
었다.

그들로 인해 화들짝 놀란 바닷새들이 이리 저리로
방향을 돌려 날아갔다.

저 멀리 육지임을 알리는 불빛들이 보이기 시작했
다.

．　▾　．

속속들이 모여들고 있는 사람들로 인해 소란스러
운 진지의 한쪽 구석에 마련된 지휘막사에 아나지톤
을 중심으로 지휘관급 인물들이 한 자리에 모두 모였
다.

"모두 목숨을 잃을지도 모르는 위험한 싸움에 자원
해 주셔서 감사드립니다."

가드의 마스터인 아나지톤이 고개를 깊숙이 숙이며 감사를 표하자 불편한 얼굴이 되어 자리에서 일어선 지휘관들이 그를 만류했다.

한바탕 소동이 벌어지고 난 뒤 자리에 앉은 그들의 이목이 이어지는 아나지톤의 말에 집중됐다.

"짐작하신 분도 계시겠지만…."

잠시 말을 늘이며 사람들의 모습을 살피던 아나지톤이 부드러운 웃음과 함께 말을 이어나갔다.

"아니, 대부분 짐작하셨겠지만, 이번 전투는 상대가 의도한 바가 큽니다."

예상은 하고 있었지만 아나지톤의 입에서 확정적인 말이 튀어 나오자 좌중의 얼굴에 그늘이 살짝 드리워졌다.

"하지만!"

힘주어 말을 끊는 그의 기세에 모두의 시선이 일제히 그에게로 모아졌다.

"상대의 그러한 의도까지도 이번 작전에 포함되어 있다는 사실을 기억해주셨으면 좋겠습니다."

그의 말이 끝나자 영화에 자주 등장하는 특수부대에서나 볼법한 복장을 하고 있는 중년 사내 하나가 가만히 손을 들었다.

"그럼 그만한 승산이 있다는 말입니까?"

"솔직히 말씀드리면 전 인류가 지닌 모든 힘을 쏟아 부어도 그자를 이길 수는 없습니다. 다만….."

그의 솔직한 발언에 주눅이 들거나 낙심하는 사람은 한 사람도 없었다. 더 블랙이라는 사내가 지닌 능력이 어느 정도인지는 여기 모여 있는 이들 중 모르는 이가 없었기 때문이었다.

세계를 아우를 만한 저력을 가진 세력들의 무력을 대표하는 이들이었기에 적어도 그자와 한번 이상은 마주친 전력이 있었다.

물론 그 대가로 함께 했던 모든 전력들을 잃는 수모를 겪어야 했다. 그들이 살아남을 수 있었던 까닭은 무척 간단했다.

더 블랙. 그 자가 자신에게 대적하는 이들을 살려두길 원했기 때문이었다.

그들의 온 신경은 아나지톤의 다음 말에 쏠려 있었다.

"이곳에 있는 그는 본체가 아닌 화신에 가까운 존재입니다. 다행히 이번에 차원의 통로를 파괴하는데 성공해서 그가 지닌 힘이 본래의 10분의 1 정도로 줄어든 상태입니다."

"그렇다고는 해도 우리가 감히 넘볼 수 없는 상대인 건 마찬가지 아닙니까?"

더 블랙 한 사람에게 오스트리아에 위치한 가드 지부가 하루아침에 사라져버린 충격적인 일을 경험한적 있는 지부장 슐라이마허의 질문에 모두의 고개가 끄덕여졌다.

"그렇긴 하죠. 슐라이마허 지부장님의 말씀이 맞습니다. 제 표현이 조금 미흡한 것 같네요. 다시 설명하자만 10분의 1로 줄어든 그의 힘이 더 이상 회복되지 않는다는 사실입니다."

"가만, 제가 이해한 게 맞는다면 그의 힘이 제한적 (Limited)이 됐다는 말씀이십니까?"

고개를 갸웃 거리며 묻는 마틴을 향해 아나지톤이 환하게 웃으며 대답했다.

"정확한 표현입니다. 쉽게 설명 드리자면 예전엔 끝없이 흐르던 강물이 이제는 더 이상 유입되는 물줄기가 없는 호수가 된 거죠."

"오오!"

그의 말에 담긴 의미가 정확하게 무얼 뜻하는 것인지 그제야 정확하게 이해한 나머지 사람들의 얼굴에 화색이 돌았다.

불가능하다에서 불가능하지만은 않다 정도의 의식 전환.

작은 차이인 것 같지만 그 작은 희망이 여기 모여 있는 이들의 가슴에 불길을 당겼다.

아나지톤이 이곳으로 넘어와 생활하면서 가장 놀랍게 여겼던 것은 바로 인간이 지닌 의지였다.

자신이 생활하던 중간계의 인간들과 차원을 달리하는 놀라운 기술력. 그것을 가능하게 한 것은 다름 아닌 그들이 지닌 열정이었다.

마치 하루 만에 자신을 다 태워버리기라도 하겠다는 듯이 불사르는 그들의 열정은 중간계에 존재하는 인간들과는 확연하게 구별되는 특징이었다.

불가능하지 않다는 생각을 가진 인간은 그 가능성이 제 아무리 작을지언정 도전하기를 두려워하지 않는다는 것을 그는 이곳에 와서 가드라는 단체를 만들고 생활하는 동안 수없이 많이 느끼고 경험할 수 있었다.

'놀라운 존재들이지.'

자신조차 중간계와 다른 이 세상이 아니었다면 감히 중간계의 조율자인 위대한 존재와 싸울 생각조차할 수 없었으리라.

그 중에서도 그를 가장 놀라게 한 이는 바로 유건의 아버지 백차승 박사였다.

본래 박사라는 말이 지식의 저변이 무척이나 넓은 이들에게 붙여주는 일종의 존경어린 칭호였다.

이러한 사실을 잘 알고 있는 아나지톤에게 있어서 백차승이라는 사람은 그 칭호가 무척이나 잘 어울리는 사람이었다.

폭넓은 지식과 이해, 그리고 응용력까지 그를 놀라게 한 장점들이 무척이나 많았지만 그 중에서도 발군이었던 것은 바로 그의 집념이었다.

그 결과 그에게 금제를 건다는 도저히 있을 수 없다 생각했던 일을 성공시켰고, 더 나아가 유건이라는 그의 대적자를 만들어 낼 수 있었다.

가슴에 불을 품고 활발하게 의견을 주고받기 시작한 이들의 모습을 바라보며 잠시 옛 추억을 떠올린 아나지톤이 제임스에게 회의 진행을 일임한 뒤 조용히 막사를 나섰다.

그런 그의 눈에 수시로 쳐들어오는 몬스터들과의 교전으로 인해 상처 입은 병사들을 치료하느라 분주하게 뛰어다니는 젊은 청년의 모습이 들어왔다.

그러한 청년을 따뜻하게 쳐다보던 아나지톤이 천천

히 걸음을 옮겨 그에게 가까이 다가갔다.

"아직 조금 어지러울 텐데 좀 쉬지 않으시고?"

아나지톤의 말에 그제야 그의 존재를 알아차린 강지국이 피 묻은 손을 들어 손등으로 흐르는 땀을 닦아낸 뒤 환하게 웃었다.

"도움이 필요한 환자가 있는데 쉴 수야 있나요?"

아나지톤이 그런 그의 어깨를 가볍게 짚으며 말했다.

"지국씨의 능력이라면 직접 손을 대지 않고도 얼마든지 치료할 수 있지 않나요?"

"아, 물론 그렇긴 하지만… 간단한 봉합 같은 시술에까지 이능을 쓰고 싶지는 않아서 말이죠. 왠지 내가 인간이 아닌 것 같은 생각이 자꾸만 들어서…."

잠시 말을 멈춘 그가 시원하게 웃으며 말을 이었다.

"하하하하, 괜한 청승인거죠 뭐."

그런 그를 향해 아나지톤이 따뜻한 시선을 담아 말했다.

"그런 점이 바로 지국씨의 장점 아니겠어요? 힘에 취하지 않고 예전과 똑같은 모습을 보여줘서 저 개인적으로는 무척이나 안심이네요."

"이건 비밀인데… 사실은 좀 취한 것 같기도 합니다. 하하하하."

짐짓 목소리를 낮추고 농담을 던진 그가 다시금 시원스레 웃음을 터트렸다.

그런 그의 모습에 치료를 돕고 있던 다른 의료진들의 얼굴에도 미소가 걸렸다.

어디에 가든지 사람의 상처뿐만 아니라 마음의 상처까지 치료할 줄 아는 진정한 기적의 의사(Miracle Doctor). 강지국.

그의 존재는 아나지톤이 최후의 결전을 위해 준비한 히든카드 중 하나였다.

이곳에서 목숨을 잃어도 좋다는 결사의 각오를 마친 인간들과 달리 아나지톤은 보이지 않는 곳에서 그들을 살릴 수 있도록 최선의 노력을 다하고 있었다.

더 블랙과의 최후의 결전에서 자신은 도움을 줄 수 없을 것이 분명했지만, 적어도 그에게 이르기 까지 전력을 온전하게 유지할 수 있도록 도울 수는 있으리라 여겼다.

왜냐하면 그 정도 까지가 그가 자신에게 허락한 한계치였기 때문이었다.

자신이 그동안 살아왔던 오랜 세월에 비하면 이곳

에서 인간들과 보낸 시간은 무척 짧았지만, 그는 열정적으로 살아가는 이곳의 인간들이 싫지 않았다.

무척이나 평화로운 자신들의 거처와 동료들과 달리 이들이 살아가기 위해 피워 올리는 정열적인 삶의 불꽃은 일견 아름답기까지 했다.

돕고 싶다. 한 사람이라도 살리고 싶다.

이것이 아나지톤이 가드라는 단체를 조직하고 이능력자들의 각성을 도우며 몬스터들로부터 인간들을 보호해온 그의 유일한 바램이었다.

'부디 단 한사람의 생명이라도….'

〈5권에서 계속〉